张况的五种抒情

张况 著

作家出版社

目录

张况的"古典"

（代序）

张末民

广东著名诗人张况主要写两类诗。一为爱情诗，一为古典诗，后者最有特点，不仅数量庞大，而且成为诗人创作风格的重要品牌和标志，有评论家称之为"新古典主义诗歌"，想来也是很有理由的。

张况的"古典"，当然不是写古体格律诗的那种，他写的是完完全全的现代白话，自由体诗。而他的"古典"也不"主义"，不过是以中国"古典"为诗写对象，是题材意义上的，当然也就不免涉及诗人面对"古典"的态度和意义追求，有"古意"，却又化成现代的理解，进入而又返回，究其实质，立场还是"现代"的，而不是主张回到古典去，不是以张扬古典精神为职责，当然更不是美学思潮和创作方法上的"古典主义"了。古人、古事、古意、古风在他的诗中是一定要有的，要不怎能称"古典"？诗写"古典"由于题材对象可能给他的风格带来一些特征，但也这完全是在"现代诗"内部与其他风格的诗风相比照而言的，没有"主义"那样严重。如若说到"主义"，张况的"古典"倒是"很现代"的，甚至他的这个"很"是超出了"现代"的。为什么这样说？因为现代主义的要义之一就是摈弃、反对古典，它认定"古典"已作古。现代性与古典性的对立构成了现代诗安身立命的原初动机。而张况对"古典"的亲近和倾注心力的诗写，则是具有现代意义的"古典情怀"，充满了对古典的理解和对话精神，他当然不是站在古典立场上的，而是站在现代性一边；但他又不是完全的批判和对立的，而是融通的、智慧的处理"古典"，当扬则扬当抑则抑，当羡则羡当厌则厌，展开了宽阔的视野和博雅的情怀。因此若对这种时新的现代理性给一个定位的话，我们似乎可以说，张况的"古典"，应该是在后现代主义文化状况下的诗歌写作。在这片视野下，"古典"还活着，它尤其可以在类似张况的诗歌中得以复活。

由这样的背景和定位，张况的诗写"古典"，便可见到两种类型的诗，也由此体现出他个人的两个特点。一类是诗写"古典"历史，我们读到了像《楚河汉界》《赤壁》以及长诗《史诗三部曲》等，诗写的主旨在于用诗化的方式重新叙述历史、激活历史，呈现出一个诗意下的历史情态，可以看出作者是有着很大的企图心的。而我惊讶的是在作者的诗笔下，历史也仿佛不再沉重，金戈铁马也已无限轻盈，所有的铿锵所有的庄严都轻灵了很多，被流畅的诗意幻化为一幅灵动有致的长卷。"在楚河汉界上升起看不见的狼烟/一场没有硝烟的战争，在酒杯围成的战场上/被演绎得/出神入化"，就这样，诗写下的轻化历史成为一个显著的特点。再有一类是诗接"古典"生活，我们读到了为数众多的以古典人物或古典事物为对象的诗化剪影，像《刺秦》《辛丑条约》《鸿门宴》《唐朝的月亮》《清明上河图写意》，光看这些标题，有人物，有物象，有情节，有去处，有写意，这里没有多少意识形态，更多的是对生活意趣和生活细节的迷恋，是生活方式的被复活，被接通。面对古典与现代的意识形态阻隔，只有"生活"能使古今同心，只有"生活"之树常青。"唐朝的月亮/注定是诗人们眼中最瘦最瘦的/一枚忧伤"，我们不能说这写的是"精神"，却的确可说是一种生活及其忧伤。生活化的写意古典，是这一类诗作的品质。

在当代文坛生活中，张况的"古典"诗写中也许是曾有一个余秋雨的影子的。但余秋雨的20世纪90年代的"人文精神"时代已经过去，张况的"古典"不再貌似庄严，不再充满凌空凝眉式的思索，他在后现代状态下接通并亲近古典生活，让"古典"成为当代生活性的一种优雅的诗化元素，在诗中使古今的生活一体化而让我们与"古典"同在共存。这种与古典和祖先共存的理想需要他穿越时空，而穿越的理想就是超越"穿越"，就是基于对现代性阻隔的不满。

张未民，著名文学评论家、中国作家协会全国委员会委员、吉林省作家协会主席、《文艺争鸣》主编

第一辑　版图上的炊烟

楚河汉界

一茬诗意翔落荥阳
时光之水，以记忆
重溯不朽
岁月的跛脚，安宁而不平稳
我一头就栽进五千年倒流的河段
见证荥阳大地神奇的深沉

楚河汉界，是一道永难愈合的伤口
鸿沟两岸，现实与历史
分立两厢
一条龙和另一条龙扭打
两败俱伤的甲胄，从历史的头顶
纷纷扬扬脱落
镶进黄河上空严实的夜。生与死
根本无法消弥时间的过节

是否所有的秋天
都得从第一片落叶算起
是否所有的往事
都能在灰烬中恢复呼吸
踏着厚重的落叶
我如同走在秋天之上
古典的龙行虎步

拨不动伤逝的琴弦
我撂下命悬一线的心事
在褪色的史册中翻阅一页悲壮
我看见：西楚霸王的浩叹
鲠在历史的喉咙
最终没能涉过一段比海更深的江
比江更阔的
爱情

而爱情，比征尘消瘦
美人的命，比宝剑的锋芒还薄
并非所有的战马，都背得动
英雄刻骨的柔情和苦难
并非所有的河流，都注定
流入浩瀚的海

中原无语
历史只是一个清醒的哑巴
滔天的浊浪，就这样
日日夜夜拍打历史的胸口
而我，感到了揪心的疼痛

遗址：圆明园

清政府最奢侈的墓园
毁于异国强盗野蛮的火
趁着中国近代史暮色未散
本邦一些揣着野心的军阀和政客
先后摸进墓室
耗子般，将一些劫后遗物
偷偷贩卖到民国
为另一个歪脖子政权
提前搭建腐朽的灵堂

残阳吐血后的现场，凌乱而宁静
我赫然发现：几根刺目的遗骨
在寒风中肃立
我很清楚
它们究竟在为谁
默哀……

雁门关

凄厉的雁声。逆风
剪
碎
残
阳

它们淅淅沥沥的思念
溅
湿
民族的
眼

一支射向天堂的箭
掉
下
来
不幸，将历史
误伤

赤　壁

自从这只高傲的下巴
被对岸两个年轻人
用一把各为其主的火
燎焦了胡子之后
它就躲在中国地图的一隅
一言不发

那情形，多像曹老丞相
当年被羞得通红的
半张
老脸

卢沟桥的弹孔

老电影里的太阳旗
像一块黑色的狗皮膏药，罪恶地蒙蔽了
1937年7月7日的
中国
月亮

八载！八载！！
八载就是千载万载！！
却怎么也载不动
桥下那一江液态的
悲愤国耻！！

卢沟桥是一条永难愈合的天殇
它横亘在时间的额头上
时刻以伤口的名义
收集每一滴泪水里挤出的沧桑

作为一截永不瞑目的遗训
卢沟桥是中国人民与日本鬼子之间
不共戴天的一条
千秋
长恨

四百八十五头怒目圆睁的石狮子
虽然没能镇住鬼子邪恶的狞笑
但八载噩梦裁制出来的可恶尸布
却最终严严实实地覆盖在了侵略者身上

看见了吗
那桥体上的每一个弹洞
都是中华民族
永远醒着的
瞳孔

梦里敦煌

将我的梦
凿开

里面，住着一座
会飞的
敦煌

南沙：中国珍珠

上苍将两行剔透的泪珠，串成
晶莹的信物，庄重地赐予他所垂爱的巨人
我雍容的祖国，虽饱经磨难
可她，依然是
上苍最眷顾的恋人

从世界屋脊直达时间的心脏
从黄土高原抵临历史的衷肠
一路延伸而来的中国臂膀
缀满祖先匀称的呼吸，慈眉善目的宽容

我的祖国，是上苍最温润的恋人
水袖一挥
左边长江滚滚，右边黄河滔滔
水袖一收
左手托起五岳三山，右手挽起万卷沧桑
脚下的一马平川
是祖先海阔天空的脾气
满眼的锦绣
是祖国绵延不绝的泱泱气质

听见了吗

沉默的太平洋向世界甩出一声惊雷：
我是一只盛满喜怒哀乐的巨蚌
南沙群岛，是一串闪着神圣光泽的
中国珍珠

壶口瀑布

神的指印
戳开
大地的
泪槽

册页中，汩汩溢出
黄金的
琼浆

长春万寿寺外的桥

下雪了
冬天的脸，变得白了，嫩了，更有韵味了
这安静的桥，是冬天的骨头啊
它退守于万寿寺的一块牌匾里
为长春惠我无疆的激情岁序
站岗

再往远点看
我发现北湖湿地公园的日志里
正翻新着人与自然的和谐篇章
炙手可热的产业，正以基地的名义
飙升着亿元递进的兴奋点
桥洞是经济园区的嘴巴
它一高兴，就露出了
吸引力、潜力和影响力并存的白色门牙
所有这一切，显然都是一种
能量与魅力的象征

冷，是一件白茫茫的外套
穿在时间的身上再合适不过了
冷，是风景的偶像
它比冬天宽阔一百倍
它裹在季节的裸体上
慢慢捂热了岁末的万丈阳光

阿克苏神木园之思

神木真神

神乎？

其形

神木之魂

在刀斧下沉睡千年

万物的灵长

该在何时觉醒？

拜城克孜尔石窟祭

悬在半山的宗教
屏闭红尘的喧嚣
历史迅捷地收编了化缘的火烧云
拜城的每一个石窟
都是文明的窗口和伤口
许多无知者，用无知
殉祭
愚昧

大地断裂的叩问
痛在时间的创面上
朝代更迭的闹剧
不断上场，退场

上善若水
而彼岸
遥无
归期

柯尔克孜的太阳

白天醒来
太阳升起一天的希望
柯尔克孜族人将炊烟、爱情、面包和梦想
悬在离天最近的地方
他们鹰扬的勇气和信仰
高踞于灵魂之上
揭开一个世纪热情洋溢的断章
他们翻耕浪漫的蓝天
收割农谚里摇曳的麦穗和杂粮
我看见，柯尔克孜族人
喜欢抱着宿命之外的太阳取暖

历史的天空上，雄鹰展翅
那是柯尔克孜族人
拥抱太阳的飞翔

当云淡风轻的渴盼，与时代碰撞
当童话般的云朵，掠过南疆的额头
勤劳的柯尔克孜族人，一声不响
便开始了一天的奔忙

库车天山神秘大峡谷

粗心的上帝
将儿时玩剩的半截泥巴
随手丢弃在一个叫库车的地方
从这里经过的人都无从辨认
那时断时续的峡谷小流
究竟是不是当年顽皮的小上帝
没来得及撒完的
半泡童子尿

高台土陶

散乱的春秋
烙印着时间的喟叹与吟哦

生活握在时间的手上
爱情埋在窑火心中

人间烟火，烧疼高台的土
从窑里走出来的每一件陶器
都是一位粗粝的买买提大叔

感　悟

—— 苏里唐大麻札

善良的人们，在每一个早晨和黄昏

都操持着一个灵魂

他们让俯伏于宗教的躯体

在祷语的天地间拥抱虚拟的星芒

苔藓蔓延的阶梯

呆望着枝头上的果实

神说，每一个灵魂

都是树上一颗无知的果

果子熟了，就该采摘

或者让它掉下来，直接减轻

秋天的重量

叶子老了，就该让它们慢慢枯黄

并允许它们被秋风带走

大麻札的门外

雪落无声

安魂的老神父

小心翼翼吹灭最后一盏灯烛之后

就静静地长眠在时光深处

大麻札门里

祷语，无痕无迹

光阴，无声无息

艾提尕尔大清真寺的祷语

白胡子黑胡子鱼贯而入
男香客女香客逡巡如鲫

一座寺院
百千信徒
万道光芒
无数虔诚

翻来覆去的祷语
浮起维吾尔语白胡子的祥云

龟兹美女

远去的狼烟
在古诗词中隐隐约约地升腾
满街悠闲的酒旗
此刻正摇摆得活色生香

月光如水
如水的沧桑，押韵着龟兹夜色
祁人洪烛雁西和我潦草的行程
此刻显得有些慌乱，有些怅然

一个性感的传奇，千百年来
静静地线装在这个绝版的古国里
安宁是一个日渐流失的词
量不大，却总令人
黯然神伤

今夜，一辆倒行的马车
拉着几行宿醉的诗句四处溜达
它辚辚穿过史页的禁地
在记忆的喉管里
对远逝的朱唇
倒背如流

今夜，几双恍惚迷离的近视眼
突然变得视力非凡，他们就地聚焦
企图以诗歌的名义
燃烧龟兹古国美女如云的春天
但马车年迈的轮辙，却在春天的前夜
力有不逮。它们不经意，被一行归雁的叫声
溅湿了风干千年的心事

云东海的一朵野玫瑰

一朵云，为梦中的那片海
坚守生命中风流的一抹蓝
一朵浪花为心中的一片蓝
坚守着命运的底线

一群开拓者用执著的坚守
将坚硬的时光，次第感化
他们用热血与汗水，邀约一场
温润的雨，共同浇灌这片神奇的土地
他们踏着动感的云
推开虚拟的门
扛着坚实的梦
涉过想象的海
在这里悄无声息地创业，守成

一朵野玫瑰开着动人的香
它的花蕾，像时间的眼
关注着周围动人的变化
它是这里最不起眼的主人
它说它要用亲眼所见的事实
说服所有的春天，到这里发芽，开花
它要让飘在自己心海里的那朵云
托起一个果实累累的未来

蠡测湖州的心率

淮河，从低处
流过我的心田
我一眨眼
就记住了她的妩媚

赵孟頫千年未干的墨迹
在册页的侧面，濡湿我的心田
我屏住呼吸
就闻到了墨香

湖笔是好东西啊
它飘逸的魂，从高处
竖写我凉爽的心情
我竖起耳朵
就听到了汉字在笔尖上的三千字绝唱

孟郊潮湿的诗行
穿过岁月的掌纹
冲决我行草结构的心事
我听到母亲撕心裂肺的咳嗽里
响起了咯血的叮咛

很多年前
王羲之来过
颜真卿来过
陆羽来过
苏轼和鲁迅也来过
我不知道他们带来了什么
也不记得他们带走了什么
我只看见他们形似飘风的背影
至今风采依然

许多年后
梁小斌来了
邱华栋来了
祁人来了
我和程维也来了
我知道，我们是专程来看故人的
但是我们不知道，故人是否还认得
我们风尘仆仆的心跳

祖庙的门

国宝级的鼻孔
佛山神气的出入口
玄机
四伏

佛祖，北帝，孔夫子
共用一张漏风的嘴
文明的牙缝里，可以同时挤出
论语、谒语和谶语

呼气：载福载寿
吸气：载乐载喜

南华草堂的兰

兰的影子疏落在草堂的矮墙上
阳光的身段在竹林中翩翩趔趔
兰分行的梦想，瘦成半阕宋词
如蒲团，打座在生活的细节中
散发禅意的温馨

午后一场风雨之后
草堂里满地都是慈眉善目的落英
兰清高的背影，透露出古典的半句偈语
无法剃度的炊烟，煨暖母亲年事已高的
叮咛。我在《四书》《五经》里执帚
轻扫农历深处瘦瘦的鸟鸣，袅袅的炊烟

谷雨时节
万籁无眠
我在草堂的书斋里
刚刚想起云朵、流泉和雾霭中的乡音
就发觉云游回来的春天
已然在兰的叶脉上
悄然苏醒

乡村盛大的光明

焰火瞬间迸发，消逝
进入眼帘的盛大光明
逼迫乡村的夜色
节节败退

我拾掇市声中朝九晚五的刻板心情
将繁忙的手指，交给母亲慈祥的灶火
久别的柴草，让心情的原野
重温感动

焰火照亮夤夜的童谣
凌晨的光明，睡意全无
那不断变换的儿时场景，让春晚的倒计时
在幸福的鞭炮声里，回溯童真
我拾起年夜饭桌上天伦之乐的余温
用额头渐趋密集的皱纹，无声雕刻记忆
每一道绚丽的焰火，呼啸的光明
都在夜空中不断完成若隐若现的起点，终点
它们年复一年，窜进心思隐秘的区域
默声点检我无法准确定义的乡愁
不经意间，这焰火
已与我杳隔了三十年的心理距离

襄垣东湖书法园的墨香

一管巨大的狼毫
像一支定海神针
醺然斜靠在广场右侧
它充满想象的逼真造型
让我联想到有些醉意的王羲之
湖面上，一群动态的白鹅
浮于清凌凌的绿水
我闻到了一千年前熟悉的墨韵书香

时间不老的容颜，永驻于历史
年轻的空间。那些安逸的点横竖撇捺
像书圣家中顽皮的孩子
各自抱着一本线装的典籍
一早就在草堂里
摇头晃脑

不远处，一些点睛欲飞的诗意情节
联袂向行人，推崇古老的中国方块
典籍里那些安详的圣哲们
都长着一副可掬的慈眉善目
他们一个个伸出宽厚的手掌
轻轻抚摸时间粗糙的面容

在襄垣东湖的波光中
时间流动的声响，一触即碎
旋即又弥合了历史的伤口
顺流而下的民族命运
再次为记忆的脑门
增添了几许显眼的沧桑

东湖书法园里，远古的惠风
依然和畅，而遥远的曲水
却不再流觞
许多不曾走远的中国方块
重又以熟悉的身影，熟门熟路
——回归昔年的位置
我知道，它们都是王羲之灵动的后裔

钱塘海神庙传说

雍正，试图用一座盗版的皇宫
敷衍自家兄弟早夭的冤魂
其实，他是在为自己做贼心虚的行为
造一座气派的罪证

看吧，御碑上恬不知耻的抒情
其实是被他做了手脚的不服气的证词
没有人知道，他为何要变态成这样
来抬举自己荒谬的恶行

在酒都宜宾看见李白的醉意

飞翔的翅膀被暮色收拢
一千公里的时速，瞬间归零
俯视的遐思溢出机舱
正好滴落在宜宾的心脏
我看见逆流而上的长江
刚刚伸出两根白色的指头
金沙江和岷江瞬间就被勾兑成一壶酒
醉倒了孟冬之上的宾客

舱门开启
外面就是醇香的世界呀
我看见宜宾不羁的体态
像酒壶里灌满火焰的抒情
让人一下子从清醒，抵达醉意

酒是诗人共同的故乡啊
诗句们平平仄仄的归途上
再也见不到那些不会下跪的韵脚
空气中微醺的感觉，有别于南方的淡雅和温润
诗意瞬间被粗犷的风裹挟
和我同行的诗人们，在返乡的路上
纷纷走散

夜色眯着零度以下的醉眼
看见自己的骨头，在寒冷中肃立
凌乱的诗行
被风温馨地遣散

来接机的女诗人很李清照
她碎步款款，身旁没有宝马香车，没有漱玉的泉
只有两朵莲花，绽放在一个词牌里
她用手提电话，拨通近处的抒情
让我在很短的时间里，就熟悉了宜宾
陌生的浓度

五粮液的热情很宜宾啊
但我的适应过程，似乎有些缓慢
三五的人群，像涟漪发散，那是诗歌的境界
对外传达的电波。借助道路两旁沉默的灯盏
我看到李白遗落于唐朝的酒瓶
穿越千年的风沙之后，此刻正躺在历史的卧榻上
鼾声四起
我知道，这回它是真的醉透了
要不，我怎能看见里面
正摇晃着李白的睡眠

佛山石榜里的传奇

以石榜的名义讲述传奇
需要有一个浪漫的出处
作为远去时空的精神链接
正如一段历史
需要有硬朗的根须
吮吸年轮里多余的水分

更高处的阳光
则是一种高蹈的境界
它象征时间平静的面值
高于一切微尘

山西南宋东掌村遐想

望穿历史迟疑的迷障
需要有一双犀利的眼睛
站在时光的杂草间
采撷散落于三晋大地的诗意断章
身边有流霞在飞
作为一名行踪无定的诗人
对于散乱的词牌
我只隐约记得它昔时的模样
深秋时节，趋赴一场诗歌的约会
所有的文字，都幻化成我梦中的海棠

马车的轮辙，辚辚碾碎一地晨霜
我一侧身，就望见了夜空那枚
瘦瘦的月亮
月光下，姜夔与祁人盘腿共话家常
陆游和雁西在北塔下酾酒扬觞
辛弃疾邀李犁洪烛酣畅对弈

囹圄之间，姚江平一声嘹嘹
亲爱的诗人兄弟们
时光倒流，我们已经穿越"盛唐"
来到了"南宋"的一个小村庄
村庄的名字叫东掌

庄主叫做毕永刚
他昨晚刚陪兄弟们喝醉过宋朝的月光
看呀，今天他脱下唐装
穿上笔挺的西服
领着村委会一班人，列队迎候
文化的诗意曙光

走在新农村的大道上
我的眼前闪过一道道亮光
村子中央，有一个喷泉文化广场
广场上欢乐的音符，凝成冲天的力量
它们奔突的梦想，冲决岁月的羁绊
它们呼啸的脚步，在历史与现实之间
跳得无比欢畅
它们幸福的向往，在现实与未来之间
衍生无边的宽广
它们坚实的脚印，将世间的灯盏点亮
它们透明的汗水，将历史的厚度丈量
它们像天上的云朵
从不与泥泞的往事冲撞
它们风风雨雨一路高歌
从不向苦难的历史诉说悲壮
它们晴朗的梦想，在春风秋雨中
节节向上
它们铿锵的步履，在红色经验的指引下
锻造了一个又一个神奇的乐章

雪花般洁白的喷泉，奔突着欢乐的音符
它们是冲出历史重围的坚强翅膀
再恶劣的气象，也无法将它们的手脚捆绑
它们像搏击长空的雄鹰在翱翔
再大的风浪，也只是一次次托举理想上升的手掌

东掌，东掌！
新农村神奇的偶像
你是上帝遗留在三晋大地的一只巨掌
雍容大度是你的形象
华丽端庄是你的羽衣霓裳
一千年的爱恋，未曾遗忘
一千年的月光，依旧清凉
东掌，你是谁人梦里的新娘

秋日登松山公园

登临是一种告别
也是一种沉淀
告别是另一种登临
也是另一种升华
千百年的登临
只为这一刻的告别
告别所有的苦难
告别所有的贫寒
千百年的沉淀
只为这一刻的升华
升华生活的质量
升华生命的诗篇
一步，烙一个脚印
一步，登一级台阶
一步，踏出一茬希望
一步，打造一个新天

诗人们，请放慢你们登临的脚步
请你眺望一下远处起伏的峰峦
那里有明明灭灭的山路
那里有无法淡忘的沟沟坎坎
山路上隐约还有村民跋涉的脚印，蜿蜒的身影
当然也有他们匍匐的视线

他们两脚踏着山陵，双肩挑着苦难
祖祖辈辈，他们把黑夜挑成了白天
又把白天，藏进了黑夜
埋在地下的祖先，昭告历史的闪电
子子孙孙的明天，一定会呈现
划时代的新篇
他们的希望，悬挂于金色的太阳
他们的梦想，高居于银河两边
他们用汗水与智慧，打磨出一面银色镜片
镜片的背面，是祖先模糊的家训
镜片的正面，是孩子们清晰的笑脸

在梅岭赏无影之梅

梅花是乡愁的火焰
它喜欢点燃离人心上的秋天
即使在不开花的季节
乡愁的长势，也照样比冬天敏感

梅花盛开的地方就是多愁善感啊
漫山遍野摇曳的，都是乡愿不舍的关键词
梅花抖落自己身上的心心念念
肃立的冬天，比初雪
还要令人生怜

梅岭是南迁者必须翻越的山巅
南迁者必须怀抱梅花的信念
将历史赋予的闪电，深藏于心脑之间
他们必须将这一树树的心愿，开进祠堂简约的祭坛
才能越过冬天的心尖
告慰远去的祖先
他们必须依靠智慧和坚毅
记取祖先入关前的嘱托
才能将梦想，嫁接在明媚的春天

一朵浅红色的梅花
就是一朵咯血的火焰

而思念，永远是一盏不灭的灯
生存不易，时间给离人预设的每一道坎
总在梅花无法准确定义的颜色中，慢慢消散

时间是　切事物的最高审判
而梅花，却是冬天唯一的胜算
在梅关赏无影之梅，那是一种奢侈
在一朵梅的遗嘱里祭奠祖先
那是种族永不换肤的铿锵誓言
超越它，就超越了横亘于面前的沧桑
托举它，就拓宽了子子孙孙的生存空间

第二辑　跑题的记忆

木 匠

普天之下，我只崇拜木匠这个职业
只对木匠佩服得五体投地
木匠是最懂森林的人
他们最理解绿色
很显然，他们有别于伐木工
他们的斧凿，只用来修补森林的创伤
看见了吗？他们甚至可以将我这样的朽木
雕刻成诗人的形状
让我像一棵树一样
绿绿地活在这个世上

诗人向老乞丐弯腰

拎着一大包书，我从图书城出来
准备乘九路公共汽车回家
经过祖庙路的岔道时
我看见一位双腿截肢的老乞丐
坐在一个角落里，低着头，一言不发
我弯下腰，把仅有的两枚硬币
轻轻放进他乞讨的碗里
然后步行回家

我知道：诗人是不折腰的
可为了不打烂他面前那只崩了一角的碗
我尽量将自己的腰
弯得更低一些

楼兰美女

丝绸一般柔滑的女子
把秀发，裁给了传说
把倩影，移交给了大漠
把美梦，托付给了故国
把谜，留给了历史……

离家出走时，她瞒着爹娘
什么也顾不得带上
只追着一轮边关冷月，与心爱的人
私奔在五世纪的漫漫长夜
她两千年的爱情
被风沙逐日吹瘦……

许多年以后
人们在一座古城的遗址上
发现了她的一只脚印
里面，至今残留着
历史的泪光

香妃墓

圆圆的香妃
活在方方的紫禁城里
她扁扁的初恋
夹在一部厚厚的野史里
宫帏冷冷
遮不住香妃轻轻的一抹愁绪
一页薄薄的传说
流行在喀什人浅浅的酒窝里

习习凉风
吹开淡淡诗意
愣愣的诗人
叩问漠漠光阴
那里面躺着的
可是香香的香妃

海宁听潮，怀徐志摩

海宁潮向我发出澎湃的邀请
西泠断桥上沉默的月色
在一部旧书中，向我招手
梦中的海棠，飘来熟悉的香
为了还一个愿，我陷落于深秋的瞳孔
将南方以北无数的雨幕洞穿

我终于来了，带着七月的风雨和闪电
用南方最浪漫的翅膀
拍打残存在天际的一厢怀念
飞越多梦的江南
飞向诗意丛生的海宁

青苔小径，留驻着荒凉的背影
在硖石古镇宁静的石阶上
我赫然发现，那缕落魄的诗魂还在
可是，乡愁似雪
梦魇，裹挟着惨白的伤逝和尊严
汹涌的潮水，自我眼底奔来
淹没了西山白水泉瘦瘦的前世今生

志摩，爱情和美人本是水月镜花
审视低于天堂之树的三十四片黄叶

我轻易就找到了你潜藏着涩意的掌纹
那上面交织着你高蹈气派的爱恨情愁
它们是你一生的爱和痛啊
情感似刀，了断一段缠绵悱恻的情愫
理想被爱情一剑封喉
那放逐于天外的浪漫
纷纷扬扬
似花
似雪
闭上眼，我就看见你的诗句变成了遗嘱
爱情，则是一篇拒绝任何仪式的悼词
而你就站在向你告别的人群中，答谢生活
默声向告别的人群，频频鞠躬、致意

志摩，你绝对不会想到
你遽尔撒手的离去
是怎样一种不留痕迹的痛
这种无法把握和熨帖的哀伤
比信念更难以逆转
开山的迷雾，是抄袭而来的仙境
魔鬼与仙女相携而舞
散乱的舞步，充斥着晕眩的暴戾和伤害
失眠的梦魇，将爱情的笔误留给诗歌和历史
禅无言
痛，是一朵行踪无定的云
它薄似蝉翼
却沉重如山

你已逝的母亲和活着的前妻
在宿命中沉默无语
小曼是红颜，而红颜薄命
道德其实是一枚锈蚀的残月啊
时间的巨石，不断将它磨损
徽徽是一条深度理性的河流
而水流无声
什么样的风
也吹不皱她温润迟滞的心事

志摩，海棠摇曳
你一定误认为那是小曼的红唇吧
她叛逆的神经绷得太紧
难遣的相思与孝道对峙
广济寺无腔无调的梵音
洗不去她心头的永痛
志摩，你是这世上唯一读懂了雪花的快乐的人
雪花融入爱人柔波似的心胸之后
你其实也未必就是这世上最幸福的男人
你想用与世无争的左手，触摸巴黎的鳞爪
还想用多情右手，拯救混沌的宿命
可是，你没有成功
赛纳河上的夕照和凉风
吹皱了你哀伤的情绪
翡冷翠之夜的守护神
在暴戾的心魔诱惑下，失去了往日的光泽
鲜艳灵动的珊瑚、玛瑙、珍珠、琥珀

那是你性灵迷醉的全部理由
你真的"笑解烦恼结"了吗
你真的"于茫茫人海中访到了唯一灵魂之伴侣"了吗
你真的感到"幸福还不是不可能的"了吗
温馨的玫瑰，散发气若游丝的呼唤
可是，志摩你在哪呢
我信，是因为直到今天
你的年轮仍大我两圈
我疑，是因为直到今天
你仍是个无家可归的孩子
一天的逸豫，需要用多少年的艰辛才能换得
无处安生的灵魂太累了
而你永远不知疲倦的身影
实在不该在转瞬之间就消失了踪影

志摩，济慈夜莺的歌声还在
老戈爹种在诗篇中的茉莉花香还在
波德莱尔奇崛独特的仙音还在
拜伦与嘉西奥莉爱得死去活来的煎熬还在
裴雷德与白朗宁私奔的脚印还在
可是你朗诵诗篇的嘴巴呢
它在哪里

志摩，剑桥上，你当年倚栏而望的云影还在
灵性的康河里，悠悠招摇的水草还在
欧洲大地上，织锦似的青荇还在
阿尔卑斯山夕阳下，浪漫的涧水还在

乡村教堂里，安祥的烛光和晚祷还在
河畔的金柳下，倦牛的刍草声还在
苍翠的树林中，莺燕的啁啾和飞翔还在
可是你迷路了
你究竟去了哪里？

小曼淌下粉红色的眼泪
朱唇间溢出一行粗黑体的哀愁：
"不怪你忍心去，只怨我无福留"
幼仪躲在自己的梦魇里
她的影子哭成了泪人
徽徽藏在一轮残月里的哀伤
在永世的自责中，终年不息地砍伐良心之树

民国二十年深秋
一个猝不及防的噩耗，被天空抛弃
摔得面目全非
天堂执手，泪雨纷飞
三位佳人的心，被时光瞬间掏空

志摩，月光如水
梦一样洁白的冷，直抵爱的神殿
你在梦想的后花园
一遍遍回眸已逝的春秋
曼殊斐儿的香魂
消逝在芳丹卜罗，消逝在黑夜的海上
而你的灵魂却在云天之外漫无目的地飞翔

爱，果真是"实现生命之唯一途径"吗
死，果真是"凝炼万象之神明"吗
闪亮的起点，往往意味着喑哑的终点
诗歌将爱情绊倒的同时
爱情也将诗歌逼上了绝境

一千朵百感交集的玫瑰，开在《爱眉小札》里
它们镀满温情的呼吸与垂爱
夭折在巫乐和宿命的尽头
安或不安，都陷进命运的泥淖
不能自拔

志摩，完美的爱情是一场无从措手的拯救啊
它残缺得有些飘渺，有些不近常理
爱，是戴着镣铐的精灵
而你，已沦落为头顶桂冠的爱的囚徒

志摩，请你不要责怪小曼
她曾在人前，过着忍泪装欢的日子
她的刁蛮和慵懒，像被宠坏的孩子
你该检讨的，是你自己的天真与溺爱

志摩，请你不要错怪幼仪
她的爱，里里外外都属于你一个人
她把上半生的勤劬和淑德，交给传统
蕙草飘零，她是苦命的女人
她半辈子怯生生地与你隔水相望

把你的任性改写成率真、浪漫与容忍
她最终只伤害了她自己的执着

志摩，请你包容徽因
既然她的命运之神无法许你一个未来
离开你，或许是她最好的选择
她的心在你的诗行间徘徊
在水一方，一个骨秀神清的女子
已然瘦弱成一树风中的梨花
坚实的遗憾在春天里带泪摇曳
她美丽善良的睫毛，是你一生迷恋的高度
引领爱情，在平静中趋近理性与永恒
快乐的天使
有时只能在围城之外，陪伴忧郁的王子

志摩，窘迫与尴尬已成为过去
飘在云中的岁月像梦也像风
玫瑰的梦境，凄美而大器
明月清风，情感被编织得浪漫绝伦
华兹华斯的悲情
投影在你浪漫的悲剧气质里
雪莱的"西风"
将你简短的一生，涂抹得像一张抽象画
无人能懂
志摩，你一直梦想着飞翔
那浪漫里莫非暗喻着某种谶语
一场缺席的讲演，瞬间永别了诗意

寒风中瑟瑟发抖的心事
比协和礼堂的重门
沉重百倍

志摩，星光疏散
万家灯火，闪烁着诡秘的阑珊
此刻，许多人在焦急地等待你平安翔落的消息
像父母等待着婴儿的降生
可是，阳光下失重的背景
却在失语的风中，永远地跪倒
红尘中的衣袖
拂不去太多世俗的云彩

六十四年后，我的双眼在潮声之外
与那行褪色的讣告凄然相遇
触痛了凝固于岁月深处的泪影和血光
开山的大雾，串通历史
将我沉重的目光遮盖
我依稀看见：那满地散落的诗句
都变成亲友们残存的祭文
志摩，其实你真该对他们说些什么……

徐志摩墓前的沉默

所有的花，都已庄重地开过
没有谁，还能对春天抱怨什么
风儿打动不了哀伤的季节
它只催开了我隐忍的泪花
为活着的和死去的志摩，祭奠今生
为死去后又活过来的我，怀抱来世

在别处，我没什么感觉
内心枯萎的爱恋
早已随风散作满地落英
掩埋在爱的冰河
而站在这里，面对志摩
我又想起了磨人的爱情，心疼的诗歌
想起了志摩内心的痛
感受到了志摩无言的哀伤

所有的花，都已庄重地开过
白的，红的，黄的，紫的，绛的……
全都化作了泥土，无从诉说
这么多活泼的诗句，没有一行属于我
站在你的墓前，伟大的诗神啊
请原谅我此刻无法对你说些什么

当鲜活的怀念，以笑声和背影远离
我只能在你的墓前采一把松针
扎疼时间麻木的神经
献给你，我青翠的沉默

徐志摩故居

来这里之前
我是另一个居无定所的志摩
我的魂，遍布世界的每一个角落
心在半空中悬浮、漂泊
爱在虚无与存在之间，享受寂寞
梦在万丈红尘之中
开幕闭幕

来这里之后
我就成了一首百感交集的诗，残缺而完美
我向善的目光，有时是夕阳下的一片落叶
在微风中，自由自在地降低身份
有时漂洋过海，变成康河的一条水草
在异域，招摇记忆慵懒的宿醉
有时是一对捉摸不定的影子
陪着梦中的爱人，寻寻觅觅

莫非这里是诗歌的落脚点
要不我来到这里
怎会有一种回家的感觉

志摩的飞机

那一年冬天的雪
落在诗歌的睫毛上
你的眼里，是一派白色的迷茫

此行，你本来朝着幸福的方向
却为何在半空中折断了诗歌的翅膀
你明明知道大地上，有一个深深爱你的人
在一座古建筑里，苦苦守候你平安翔落的翅膀
却为何又忍心，转而飞向天堂

王国维雕像

安静地坐在这里
先生是否祈盼
钱塘潮的一个浪头
能将整个旧世界掀翻

然而，民族仇，家国恨，百姓苦
总在你脑海里
翻滚成无数个沉重千钧的钱塘潮
压疼你每一次小心翼翼的呼吸

学术是磨人的活计啊
你一次次把自己的心跳
埋葬在汉字构筑的墓冢里
这难道不累么
先生啊先生，史识那么深奥
什么时候，您才能探个头出来
好好透一口闷气

听叶延滨讲他插队的故事

叶延滨天生幽默，喜欢在采风途中或饭桌上
一本正经地开所有诗人兄弟的玩笑
中国诗歌的常青树，学富五车的著名诗人
如假包换的资深评论家，讲起笑话来
竟然真实具体得煞有介事
慢条斯理得滴水不漏

私下里我喜欢喊他为叶老
这是尊称，也是昵称
叶老不老，甚至可以说很年轻
按王明韵的算法，他才三十公岁出头
正是内心殷实得想打墙的年华
看吧，他此刻正萌动着的诗意闪电
又要慈祥地挤兑文学钉子户洪烛了
他犀利的语调，像拆迁队长幕后透露出来的泰然
不凶悍，也不张牙舞爪，震慑的力度恰到好处
叶老平静如水，他从不龇牙裂齿
笑得前仰后合的，总是旁边那些
幸灾乐祸的拆迁队员
当然，我也是其中的一员

许多回，我看见叶老心里藏着一个大海
悄然淹过胡乱开工的工地之后

四周一片宁静，现场没有痕迹
一阵沉默之后，被点化的诗意海啸
随即将时间的数据，推向波峰浪尖
那是兄弟们不羁的笑声

又是一个快乐的午后
阳光有些奢侈，心情有些飘逸
腊八节的韵脚很适合抒情
诗人们约会完春天的玫瑰，马不停蹄
在华材职校的报告厅里安静落座
数百双肃穆的耳朵，挤在一起
静悄悄陪叶老回延安插队

"老三届"的高中生没当成科学家
不是因为他的梦太大，而是由于世道太吊诡
透过热浪，我看见一辆绿皮火车
轰隆隆穿过了1965年溽暑的心脏
从四川的贫瘠，驶向北京的燥热
走出车厢后的叶延滨没考上清华，这不是他的错
生活的漏洞太多，堵哪一个
都堵不了时代的管涌
坏心情打个盹，就溢出一具
被文革浪潮压碎的梦的遗体
目光一旦离开了母亲的针线
生活立马就破烂得难以缝补
街道热情的160块安家费，还不够
塞历史的牙缝。叶延滨稚嫩的饥饿

击穿我年少的胃膜
捂着出血的心事，我表情凝重
仿佛这一切，全是我的错
他被派出所注销的城市户口
被我虚饰的"知青"身份揶揄、覆盖、涂改
仿佛我就在西部冰冷的窑洞里
陪他忍饥挨饿

一阵年轻的笑声提醒我
职业学校的报告厅不需要太多的感伤
叶老的脸上，挂着挤兑自己的笑意
样子轻松得像在说别人的故事
那时候的叶老可真年轻啊，复杂的心情
阻滞不住他嘴唇上破土而出的黑色丛林
青春期的荷尔蒙被山风收敛得规规矩矩
我无需垫高脚跟，就能看见房东家的小妮子
正透过血缘中朴实的缝隙
偷偷看叶延滨英俊的脸
而我们可爱的叶老，却执意要站在山坡上
热衷于教我学会牧羊，放马，朗诵诗歌

一日千里的想象，抬升了心情的泊位
四年虚拟的知青生活，让我找到了诗歌的立场
等待奇迹发生，需要具备虔诚的耐性
那时候的叶老可真能干啊，别人递给他的香烟
竟然一根不落地夹在领导的指缝间
那烟圈腾挪起来的，是叶老早期的智慧和诗意

还有他早熟的职场历练

由生产队副队长而知青组长
而中国人民解放军延安富县军马场仓库保管员
而陕南略阳2837工程处团委书记兼新闻干事
叶老把山沟沟里好玩的芝麻官，挨个当了个遍
静悄悄的课室里，众人的笑声再一次响起
而两颗成分复杂的泪珠，已悄然滑落我的眼帘

内心装着大海的人，脱口就是万丈巨澜啊
波峰浪谷间，全是他起起伏伏的抒情
叶老长骨头的诗句，常常就这样掷地有声
敲打着那些不长进的事物和没活明白的人

中国诗坛四公子与五粮液

江之头是宜宾宽阔的额头
诗坛四公子在这里找到了聚合的理由
陆健。程维。雁西。张况
四条不拘一格的大河
他们从四个不同方向涌来的流速，分瓶灌装
就成了原浆五粮液
走出车间，贴上商标
他们就是香飘四海的警句和诗行

金沙江和岷江，原是两条奔腾的泪槽啊
长江是收集它们的唯一眼窝
向东走就是出路
即使通身是泪
一滴滴
掉
下
来
那也能击穿时间固执的心脏

总是曲水流觞
诗歌会累的
不如顺流直下吧
四公子在宜宾合流
那必定是另一条诗歌的长江

警察的修辞学

守护，也许是一种源于本能的庇佑
有时候，它摒弃所有修辞经验
只在悲悯的内心向度里，获得某种
疼痛背后的安慰

比如在僻静的一个角落，预伏一场抢夺
它需要一腔涌流正气的热血
以一种风驰电掣的速度
突然攫住罪恶的去路
将某种近似疯狂的逃亡
突然扑倒。像一座大山
突然压制住一条企图暴涨的河流

比如在大街小巷
追踪一个罪恶的方向
它需要贲张的智慧
策划一场稳健的行动
导演一场出色的围猎
选取一个不会伤及无辜的最佳角度
突然以万钧雷霆
劈碎狞厉的嚣张
将异乎寻常的丧心病狂
迅速扫进肮脏的垃圾填埋场

比如在一个雨后的黄昏
堵截一辆蒙蔽视线的套牌车
它需要沉住气，怒视蒙面的阴暗
突然以闪电的锋芒，撕开潮湿的真相
将一个个平安音符，串成欢乐
串成闪闪发光的明珠
挂在人民祈愿的胸前
为百姓带来祥和安乐的福祉

笑对血腥的柔情
显示几许雨过天晴之后敏感的芬芳
巨阔的蓝天下，偶尔会有几丝阴霾
掠过无伤大雅的苍凉
这时候，往往需要雄鹰的翅膀
裹挟高昂的忠诚
为人民飙升的幸福指数
守护劳动者朴素的喜悦、细碎的忧伤
往往需要一种，近似于疼痛的美，轻轻抹去
时间的微创、幸福的泪行
需要一双钳制罪恶的铁爪
轻轻抚平人间带血的沧桑

瞩目一位转经老人

把信仰，转进内心的善
把风雨，转进记忆的真
把时间，转进天路上的泥泞
把一滴水，转进重生的朝阳
一位老者手中沧桑的信物
在每一天的祈祷中
记取了生命轮回的每一缕霜风

永不马虎的马虎

当工程队一天的辛劳
被汗水掠走了睡眠
永不马虎的马虎
就开始了体内的诚信体系建设
风马牛之间不懈的链接
终会在某个坦然的契合点上
获得生命信息的确切指引
春天终会以一片嫩绿的颜色
覆盖人生致胜的格言

当岁末年初的汗渍
被别人断裂的资金链狠心撕碎
永不马虎的马虎
就开始了一生中最痛苦的精神淬炼
昼夜之间不断换位思考的生活场景
终会以背对艰辛的反向抉择
达成握手言和的共识
理解的基石
终会夯实不裁员不减薪的提议
将颇具挑战性的一场金融危机
奋力甩向锈迹斑斑的记忆深处
而重生的抒情
终会在嵌入爱意的安抚中

获得生存的原创空间
生长产值的劳务输出
终会以尊重众生的底线
重新拔高生命的尊严

当一条铁的纪律
站在工程质量的高压线上
宣布了诚信体系崇高的界面
当一项工程
完全摒弃了偷工减料的劣习
赢得比利润更为可贵的诚信
永不马虎的马虎
就获得了生命最为坦然持久的献礼
那些以长城奖詹天佑奖为楔子的荣耀
比任何过滤了沧桑之后的成活秩序
还要亮堂十倍以上
那些以道德模范命名的基本荣誉
比任何释放善意后的努力空间
还要阔大百倍以上
在通往高接天宇的台阶时
永不马虎的马虎
以沉默的姿态告诉人民
马虎，其实不是马马虎虎
而是骏马与猛虎的强强联合

第三辑 时间在发芽

奥地利圆舞曲与东方酒杯

流火的音符在旋转
流火的诗意在旋转
流火的乐曲在旋转
流火的眼眸在旋转
流火的舞步在旋转
流火的梦境在旋转
流火的奥地利在旋转
流火的大上海在旋转
当一朵灿烂的圆舞奇葩
从欧洲遥远的雪山上，伸出热辣辣的手
与黄浦江雄性的浪花联袂
开放在乡村黄金般的秋天时
我看见，圆舞曲里的奥地利
正在东方的一杯红酒里
不停地旋转

护红巷12号

准确地说
我居住在梁园后门正对着的护红巷12号
梁园不是衙门
我每天可以堂而皇之地走它的后门

作为一位业余诗人
我今年初被人戴上高帽
把业余,写成了专业
把副业,写成了正业
把忙忙碌碌,写成了半日悠闲

我想搬到梁园去住
把光管和白炽灯撤去
换上桐油灯或松烛
我要披一身月光
坐在石凳上品茗,读线装的宋版书
嘱咐丫环用柴火烧几个带荤的菜
我要邀三五知己
喝几杯小酒,打发松散的悠闲

我有万卷藏书
里面全是典籍一类的好东西
我要把它们全都搬过来

摆几本在床头
随时可以检读

实话说吧，我年岁尚轻
精力不是问题
再说，我将来是有退休金领的人
在梁园里栽花、种草、浇水、散步
那是我今后想过的日子

假如有一天闷了
我还可以搬回乡下去住
那里，有我爹留给我的一口鱼塘，三亩菜地
它们足够让我
忙到入土

新编历史剧《豫让与襄子》

故事还是那么年轻
而剧中人
却已老态龙钟
风物依然那么迷人
可是马蹄声
已经逐渐走远

春秋末年紊乱的风雨
浸透一本成熟的史册
忠肝义胆写在豫让的脸上
让他一根筋地坚守着生涩的执著
为报晋卿智伯当年的厚遇与恩德
他那躯不惜涂漆易容吞炭毁声的义气
烘托出一片乔装过的辽阔忠诚
以几近愚忠的惊世之举
阐释士为知己者死的骇俗内涵
刺杀一片更为愚忠的人间情义

襄子大德，乃有不杀之恩
被刀枪审查过的诸侯路线
断在历史欲言又止的喉结

史海深沉
危机四伏
忠心也好
叛逆也罢
无非是权与欲的另类代名词而已
走马灯似的帝王将相
就这么日日夜夜打打杀杀，无休无止，烦不胜烦
民间瘦削单薄的福祉
又怎经得起这般反复的折腾

广东粤剧

寻常的粤韵
飘着岭南气质的音符
它们掷地有声的旋律
像穿越传奇的惊雷
炸响钟磬铙钹
响彻天宇

粤剧的家谱衣衫单薄
但她的沧桑却很厚重
热闹的舞台多像人生场景啊
很真实，也很虚幻
一如世道
险象环生

也许只有老去的红船
才知道上面摇晃的是自己的生活，别人的排场
那种状态，很扎眼，甚至有些迷人
但它的内涵
却饱含艰辛

影子的灵魂
——浙江皮影戏

音符，自潮水中浮起
隐藏在内心的苦乐年华
溢满了丁香花的向往

打开册页
打开时间的闸门
春风掠过眼睑
将我眼中秃顶的垂柳
一夜吹绿

春水漫过金山之后
一段爱情浮出传说
台上的惊堂木一声断喝
台下的忠奸善恶
立马显出原形

谁敢说，它们只是影子
谁敢说，影子没有灵魂
谁敢说，灵魂没有重量
它们内心
其实装着一片沧海、万亩桑田
人间所有的悲、欢、离、合
都是它们活下去的最大理由

火中涅槃：石湾陶艺

一道光芒飞越时间的头顶
东方哲学，以泥土的名义
煅烧未来

远古之火
闪耀着自由的双翼
风，从虞舜托业的河滨
吹来祖先火热的智慧

陶艺家失眠的冬天
缀满清醒的星光
木讷的坛坛罐罐
无论站着，躺着
它们从不说话

想象的天空开阔而明亮
可以一眼望见窑里滚烫的火苗
火苗就是母亲的爱啊
要不，她的儿子们
怎会在烈火中永生

天路上的羊群

在天路上行走的羊群
融入时间的河流
化作山川之间的仙霞
那些活着的村庄
伸出炊烟的臂膀
挽住我此际圣洁的向往

一些梦想，挂在树梢
它们就成了时间的果实
一些记忆，躲进山川
它们就成了洁白的哈达
我有些疑惑
那些被诗歌重新温暖的雪
是祖先虔诚的白发吗

见证青藏高原血缘

还有谁能像你一样
面对莽莽山川而心如止水
但是我知道，这静止的河流
在默念着低矮而温润的云朵
他氤氲的内心
涌动着青藏高原最为圣洁的血缘

钱塘潮的三种状态

盐官一线潮

一万匹雄性的烈马
脱
缰
自天边，一路杀来

那万幻的阵势
吞噬世上所有浮华的辞藻
它们只留给历史一行奔腾的启示
勇猛精进
万莫停息

大缺口碰头潮

历史的帷幕
被岁月之手强行撕裂
我仿佛看见
两名海宁籍的地下工作者
正用方言
秘密接头

老盐仓回头潮

天底下
所有历经浮沉的浪子
只要来到这里
看到这般情形
他们兴许都会作出
回头的决定

劳作状态的镇海铁牛

镇守铁牛，娴静平和
它在沉默地反刍历史，咀嚼世间难咽的霜雪
它尽忠职守的姿态，楔入岁月的印记
将一生的梦想，托付给洪水
它一言不发的样子
让人容易想起隐忍的群山，肃穆的峭壁
它的胸襟，能装下一片躁动的汪洋
它不屈的头颅
让人容易想起祖先昂起的瞩望
它的脑海里该有何等豪迈的希冀
它坚强的两角
让人容易想起勇士的双臂
充满镇守者无穷的膂力
它微弯的身躯
让人容易想起祖先负重的背脊
那上面承载着多少苦涩的沧桑和风雨

顶固锁业像个程度副词

顶固，有时是一个极为霸气的程度副词
可以解释为最顶级最高层次的一种牢固
将它美好的寓意，安装在你家的大门上
就可以立竿见影，安妥你并不多余的担心

顶固，有时像一个王爷级别的形容词
你可以通俗地理解为极端牢固的顶戴
把它高贵傲然的品质，安放在你心门上
就可以抚慰你忐忑的财富，不安的灵魂

顶固，有时是一个异常性感而浪漫的名词
或许你可以将它理解为顶住并固定的意思
把它的妩媚，安插在你认为最重要的部位
就可以让你板结的人生，顿时露出会心的笑

夕阳即将扯下一天夜幕的温馨时刻
我在顶固锁业刚刚停电的样板间里
看见一股强烈的电流，瞬间击穿我心中慵懒的黑
同时激活了同行诗人们手中所采的风
无数个沉默的匙孔
突然以程度副词的名义开窍
我看见：光明四溅，笑声四溅，诗意四溅

铁将军：锁的另一重身份

防盗，是正与邪的一种冷较量
为裸露在外的人性智慧
加装一派旖旎春光，你会看见
一缕春风得意的微笑里
翩飞着欢快的鸟鸣，百花的吟唱
而你脚下飞驰的路
就会更加顺畅

安与不安的时空分水岭
就这样，横亘在历史与现实之间
山谷像盛装智慧的大袋囊
匍匐在它脚下的那些蛇虫鼠蚁们
总想在阳光照不见的地方
繁殖它们贪婪的企图
而山坳却是财富显眼的防线
它隆起力量的铜墙铁壁
抵挡着来自正反两方面的诱惑

铁将军，有时是锁里的乾坤
有时是遥感器里善意提醒岁月的风
铁将军威风凛凛，一夫当关的哲学
被它发挥得淋漓尽致
有铁将军把门，所有的贼手贼脚

就别指望活动自如

忠诚的守候，真的很感人
它以将军的名义，摈弃浮嚣的目光
纠正了世人关于大千世界不安的误读
不被时间锈蚀的品牌分量
是一种最为强硬的表达
升格后的铁将军
他日必将披上金灿灿的元帅服

天乙·天意·天亿

在中山东凤镇天乙集团的展厅里
诗人们看见无数的奖牌奖杯和奖状
像潮水，暗涌着财富和梦想的成色

天乙是一个诗意的词
里面蓬勃着春天的生机
一种自强不息的力量，沉潜其间
就像时间的手臂
膂力非凡

诗人傈傈告诉我：天乙天乙！野心不小的张扬啊
那分明就是一天一个亿产值的意思嘛
一位手持扬声器的企业高管闻言会心一笑：快了！
她脸上，堆满成竹在胸的自豪

天乙？天意？天亿？
我边走边揣摩这几个孪生的词
天朗气清，今天是个不错的日子
出门的时候，我下意识朝入夜的天空望了一下
我知道，这与天色无关
也许我是想寻找一颗以天乙命名的星星

胡杨竖起沙漠的旗帜

秋天的阳光，铺开一卷西部沧桑
死亡和未知世界，离爱情多么遥远啊
胡杨树装饰着岁月的布景
它幽深的贵族血统
是上帝失宠的红颜，留下的一声垂问
历史的图腾，萧瑟而单薄
风沙吞噬戈壁和沙砾
梦的舌头，叩响历史的扳机
一棵树的尊严，所向披靡
我看见，欲望的世界
落叶纷纷

胡杨是狂沙中雄辩的旗帜啊
它们雄性的挺拔
是大地最为绚丽的黄金画卷
在漠漠风沙节节败退的战场上
它们是南疆永不言败的将军
在语言无法抵达的生老病死之间
它们用第一个千年，守护不死的爱情
用第二个千年，庇护爱人不死的灵魂
当风沙背叛了时间之手
它们用第三个千年
扛起塔里木河沉重的落日，无法再版的青春

仰望天下第一如来佛

在与大佛的目光对接的那一刻
我的心，突然进入入定的境界
我知道，那是前世的约定，手执一朵莲花
瞬间拂去我鼻尖上的所有尘缘俗念
为我依时践约一场历久弥新的友谊
快速提供了一个合十的素净理由

一只雨中浮萍，突然被时间之手
拽住了根。他悬着的心，从此就算
平安落地

在如来福地参禅
需要诗歌引路
需要佛光普照
需要十一位诗人的心灯，同时点亮世界的晨曦
需要许多超越妄念的兄弟情义，点拨玄机
需要叶延滨的睿智，丘树宏的严谨，祁人的冷静
需要陆健的幽默，雁西的浪漫，洪烛晴朗的笑
需要汪国真心中的三分淡定，潇潇酒窝里的一丝甜意
需要周占林河南味的对白，姚江平铁面上的晴朗
需要一抹飘逸在宣纸上的墨香，开放万朵祥云
需要辛亥首义的一声枪响，瞄准帝制腐朽的残阳

凡尘之外，那些未曾抛开的俗念烦愁
仿佛在时间的陡坡上，歇下脚来
它们在诗歌倒扣于天空的两行脚印下，静静纳凉
它们联袂竖起善感的耳朵
听候梵音慈眉善目的抚慰

在大佛恢复呼吸之前
我昂起自己抽象派情圣的头颅
用浸润过五十三度高粱酒的客家乡音
大声呐喊：天下第一大如来佛
我喜欢你

绿色是个让人放心的词

——荣县三高农业

绿色是一个让人放心的词
施农家肥长大的粗粝形状
只垂青于真实的水乳大地
只仰望，温煦多情的阳光

绿色是一个让人感恩的词
它拒绝农药，化肥，欲望
拒绝过分的热情，过快的速度
拒绝不友善的洗涤和混声合唱
它只垂青于季节的简约轮回
只热爱它所热爱的阳光，水分
以及时间拔节的声响

绿色是一位不施脂粉的乡下表妹
素面朝天，亭亭玉立
她红扑扑的脸蛋上
挂着城里表哥看不见的烂漫与天真

阳光的手，拖着一根瓜秧
直接伸进我心里
啊，我的世界，突然就绿了起来

绿色是一个令人难以割舍的词啊
它轻盈，秀颀，浪漫中带点儿羞涩
在瓜棚里采一缕绿色的风
美丽的荣县，就这样被我
轻易带回了家

请柬上的禅城腊八诗会

一堆活泼的诗句
绕着腊八节的阳光翩飞了一圈之后
再次在佛山的一张请柬上聚会

流水以远
乡愁万重
隐匿的岁月，在梦想的枝头上现身，咏唱
诗意的手指如灯火盛开的热情
点燃百年前的一段童声合诵

诗香扑鼻，古风萦怀
远方的键盘上，诗人们刚刚散开的十指
很快又撺掇着友谊的景色
合力敲出了禅城腊八节的诗韵余香

梁园的石头很有人情味

竖写的汉字
文绉绉默立大门两旁
它们用机灵的平仄
守住园子里的春花秋月

不会说话的石头，是我可靠的表弟
它眨巴着眼睛向我暗示：
搬进来住吧
我陪你谈诗

穿过亚洲艺术之门

它首先是一扇门
以艺术的名义打开友谊，发现爱与美
国界之外的音乐响起
舞蹈节拍里的泪花
拥有了溶解幸福的冲动

它接着依旧是一扇门
以跨界的名义，敲开生存的空间
卸载五百年窑火里依旧滚烫的体温和热情
熨平岁月的涟漪，内心的褶皱
替寻常日子里失声已久的风雨
锁定时间的细节与方位

它最终仍是一扇门
以绿色的名义，开放胸襟
填平了发展中不可避免的丘壑
然后以树的名义，伸出开放的手势
捧起蓝天上的祥云
为佛山，剪裁一件禅意的袈裟

点校龙塘遗韵

古琴是岁月的道具
撩拨它，就能听到时间的余响
它串起落叶上低矮的晚照
再添加一些粉末状的记忆
就做成了一服怀旧的药
为一座百年旧址
疗昔日的伤

诗人们来自五湖四海的热情
在龙眼树下聚合，集体索引遗风里的一抹春意
而龙眼树上的知了，早就撤去了吟唱
它们撇开狂躁的抒情
兀自飞离夏日的风雨
以一冬的沉默，点校龙塘诗社
百年的遗韵

为南风古灶的火正名

窑确实有点老
可它的心很年轻
熊熊的窑火
是石湾锃亮的眼睛
它看得见，远逝的光阴
都盘作了历史的头巾

五百年的火
忘年热恋五千年的土地
它们中间
全赖有东平河，这川流不息的媒婆
在极力
撮合

春光中的花城诗堤

以健康命名的幸福小区，将一座花城
献给了这里的人们
宽厚的阳光，把他们脸上的诗意
装扮成春天的模样
那些与缤纷的颜色结缘的建筑
在业主们的欢笑声中
倒影在飘带似的河里
它们照见了自己幸福的前世圆满的今生

一条缀满唐诗宋词的长堤
像时光甩出去的长鞭或水袖
扬起流水的关切和叩问
那些镶嵌在长堤上的警策和温馨
为李白杜甫们当年奔波的际遇
重新阐释命运边缘安静的精神内涵

满眼诗意，洒在我的脚下
无数鸟语，唧啾着掠过记忆的天窗远去
在健康花城的诗堤上
我仿佛闻见了花园里幸福的花香

来一壶酒吧，我想邀上李白杜甫和唐朝的半阕月光
就着幸福的花香
共饮半日春光

在三角中学"任教"的联想

小时候，我最大的理想
就是当一名小学民办教师
在三尺长的春风里
沐浴灵魂，传授我一生所学
像当年的班主任一样
包揽语文数学音乐体育四门课程
而不会有任何压力，半丝怨言
讲台下的条凳上，坐满稚嫩的小脸蛋
阶前的榕树下，挤满天真的大眼睛
他们有的像小星星，有的像小雨滴
他们会用接近烈火的热忱
点燃我传输知识的民办欲望
备课改作业根本不是问题
我会用红墨水笔，圈点他们闪光的智慧
我会用源头上的爱意，点拨他们晴明的稚气
我知道，我内心熊熊燃烧的柴火，有别于蜡烛
那是我将自己的躯体，做成的火把
我愿意用我的一切，为他们照亮拔节的前程
化为青烟的，是我永不老去的爱意和童心
我那时还没有恋爱，更未曾结婚
甚至连女朋友长什么模样
我的学生们，也未必知道
我只知道，被孩子们的笑声包围

我内心踏实得像家门前的大山
我想，我那时虽然不免羞涩
但我一定感到非常幸福

今天，在中山三角中学
我少年时代的全部理想，瞬间就变成了实现
不但实现了理想，还超额完成了梦想
在一所中学里给孩子们上课
这自然超出在小学代课的预期
虽然教的课程里没有语文数学
与孩子们共同热闹着的，也不是音乐和体育
但能以另一种课程，给眼前的孩子们输送智慧
用方方正正的汉字，教孩子们做堂堂正正的中国人
我的内心，十分自足

一同上课的老师，总共有四位
我和他们一样，都是业余诗人、编外书法家
他们和我都有属于自己的职业
祁荣祥是一位海军少将
心里装着千军万马，共和国的岛礁，无垠的海疆
陆健是中国传媒大学的教授
他的讲台下，全是些会演戏的才子佳人
雁西是杂志社的总编
他的版面上自然排满了发行量和员工们的福利
而我则是一名小小公务员
用叶延滨的话来说，顶多是一名小吏
从不带刀，手头只会侍弄钢笔和毛笔

我们职业各异，性情也不同
但今天我们的身份却出奇的一致
我们是短暂的同事，永远的兄弟
我们都是中山三角中学的书法老师
我们顺利将一节课程，分解成四块
像分割锦衣和玉食
我们小心翼翼，语重心长
分批灌输给他们做人和求真的道理
学生们显然都很喜欢听我们的课
我们也恨不得将平生所学，倾囊相授
相比我小时候的理想
今天的学生们实在太幸福了
他们可以在一节课上，同时听四位老师
反复讲述点横竖撇捺与人生的某种内在关系
在我看来
这简直就是传奇

古树葳蕤的中山路

上了年纪的树们聚在一起
不免有许多话要倾诉
参天古树
心智直通云霄

其实，她们更像一群晨练的老者
伸伸胳膊抬抬腿是她们一天的生活内容
她们喜欢用不同的乡音，一起怀旧
偶尔也乐意默读一下岁月深处的峥嵘
她们不在乎年轻人怎么看自己
正如她们也曾经年少无知
她们心里比谁都清楚
反正流水已远
岁月依旧葱茏

春到南堤湾

被人文背景刻意修饰的浪漫
虚拟得像一幅模糊的抽象画
在轻雾笼罩的迷蒙中散步
会有一种模糊的记忆溢出岁月的画框
它们融入春风之后
会像水一样，濡湿绿色
它们还会挽着雨水的臂膀
以集体的名义
造访春天

远处的街灯，多像城市肃立的誓言
沉默庄重，不苟言笑，但它们内心富足
它们对面的一棵古树，伸着禅意的指头
掸落几星细碎的嫩绿，春天的乳牙

在老佛山的旧街古巷里坚守梦想
街灯和老树们都深信：自己的青春
依然还在树下嫩嫩地活着

西樵山遇雨

雨点打在名山的脸上
像云游僧敲击木鱼的声响

松陵过尽
我看见一阵风
潜入宝峰寺
打坐

上海顾村上空的一缕仙霞

云层上流动的风，按捺住飘逸的脚步
它凝视自己氤氲着水汽的脚印
发现成熟的秋天，早已鲜亮地挂在顾村的枝头

许多叹羡的目光，以欢呼迎迓一万亩绿浪的莅临
大上海变幻无穷的靓丽，甩出地图上风情别具的一条辫子
那会说话的小桥流水
已不再是江南独有的景致

云在眼前，雨在远方
顾村多情的顾盼，邀约方言里四季常青的草木
她悠长的水袖一挥，就把春天以外的所有季节
逐一温柔架空

诗人们惯于南来北往的心
开放云天下清爽的一抹韵致
他们聚焦于激动的巧手
按各自的意愿，采撷梦中的仙霞
风流的时间，埋首，挥梭
织就了顾村轻盈的羽衣霓裳

诗人的彩笔比云彩飘逸，风流

从天空中垂落的诗意
浪漫，矜持，得体
诗歌偃息已久的翅膀
此刻点睛欲飞

默哀南京大屠杀

愿所有的枪口
都说不出话来
愿所有的战场
都蜕变成花园

天空多么幽深
大地多么宁静

草堂竹影

熙熙攘攘的人群，挤在我眼里
我真希望他们，都瘦成一竿竹
静静的长在我家门前
我宁愿此生
食无肉

顿悟城市烂尾楼

在欲望拥塞的城市里
还有谁
能像你一样
四大
皆空

情感帝国的落英

心灵的咯血
已经染红大地

惟有你
敢在我的枝头
放弃
整个春天

在城市里看见落叶

落叶是秋天禅意的
魂

你仅用其中的一片
就将我的下半生
全部
覆盖

祠堂上的月牙儿

沉默的灯盏
睁开黑夜的眯眼
天空附耳告诉大地
那是我对你最显眼的一隙
独
白

德国世界杯足球赛

地球，微缩成疯狂的足球
四年一遇的无根之水
再次煮沸整个世界的激情

意大利浪花

在威尼斯性感的脚踝上
我窥见，一茬茬暧昧的浪花
冒险开出了亚得里亚海浅浅的隐私

致敬一位残疾艺人

我要向你致敬，并对你说声对不起
我要说，你其实是当年粗心的小上帝
做错了的一道别致的练习题

腊八，在龙塘诗社旧址参禅

挨年近晚
我拆解心情里的旧债，把一年好景
交还幽秘的光阴之手
让它携着谶语，修复好人生履历上五味俱全的缺憾

腊八节禅意的阳光，像佛家熟透的怀念
包裹我一年颇为复杂的年薪，以及年薪里
母亲渐衰的咳嗽与期盼
记忆的另一端，簇拥着烟雨的怀想还在
而那些坐着末班车依次抵达的诗人兄弟
又怀揣故地重游的情谊和浪漫
再次佐证龙塘诗社旧址上温煦的两树忠诚
他们无法重复的吟哦，点燃一炷清香
为百年诗社，续上汩汩流动的血脉

两棵龙眼一年散漫的春意
如今也换成了秋蝉的薄翼
那些没法辨别真伪的法度，像梵音
将涂着识别符号的偈语
悉数还给经书

腊八节是一场美丽的约会
她身穿内涵扩容的旧式外衣

为许多业已走远的民俗记忆，洒下一层薄薄的滋味
念想之外的传说，披着失业的蛛网
像岁月生锈的软刀子，破解了老佛山成色低调的升级难题
职场上迎刃而解的幸福清单，信守一方水土自强的共识
为民众，尽心奉献一碗香甜的腊八粥

云天迢遥
百年一瞬
再眨眼，又是另一抹禅意的新天

在一条古老的小巷里徜徉

一缕春风，吹醒一座沉睡多年的古城
时间之手，打开一轴历史画卷
里面飞出了泛黄的春天

三五成群的燕子，呢喃着时间的序曲
迅捷地从古城的天空飞过
它们用快乐的飞翔
检阅一座厚重的古城远去的蕴藉

一场遥遥远远的雨
淅淅沥沥。润湿了一条弯弯曲曲的小巷
衔泥的云雀，快乐地飞进古城的春天
它们把温暖的家，安在古城的屋檐下
云雀们簪在胸前的曙色
煨红了禅城的天空
流淌的光阴，泛起一圈圈熟悉的波纹
那是古城可圈可点的年轮

一地温厚宽广的阳光，燃烧小巷深处的记忆
成熟的青砖绿瓦，手持玫瑰和玉兰
时间用柔性的矜持，见证古城细腻的情节
久违的月光，迈着古典的三寸金莲
她落地无声的脚印，洒下一地碎银

小巷镬耳屋的瓦脊上
铺满小巷真实的家谱
那薄若蝉翼的书页上
留驻着一座古城灵动的前世今生

月光皎洁如雪
那是历史嵌于天际的眼睛啊
小巷石阶路上温婉如雪的记忆
铺开三百六十行春天的叫卖声
古典的岭南水乡，粤味的吆喝
惊醒岁月深处的一树繁花
那些洒在石阶上的粉红、墨绿和乳黄
平静地装点着年年岁岁平平淡淡的日落日出

父辈们释放一天的劳作，驻足窗台
经年不变听老式留声机咿呀着旧时的粤味唱腔
一只古意盎然的石湾公仔，穿越千年的晨曦
被书香世家庋藏在缥缃的博古架上
藤蔓青青，阳光明媚得让人心生怜爱
户外随风招摇着的，是老字号繁体的旗幡

门巷深深
里面站满了互敬互爱的俚语和童谣
一辆旧式马车，穿越蒙尘的岁月
碾过青石板镌着古汉语的冷静辞藻
它拉着古城清明时节细雨氤氲的记忆
驰往汾江河上的一个古渡头

一位名仕，彬彬有礼地脱下黑色礼帽
优雅地掸去史页上泛黄的灰尘
他手里迎风肃立的一根文明杖
扶稳了古城夕阳下摇摇晃晃的炊烟

老去的年岁，惦念不老的传说
新世纪生机勃发的朝阳
升起了时间英挺的脚手架
谁能握住一把温馨的记忆
谁就握住了一把值钱的沧桑

没承想，历史深情的召唤
竟有如此神奇的魔力
那纤细绵密的经济曲线
一如宁静的雪花
从冰点以下，融化为安祥的水
又从一块古铜镜平静的水面
倏忽上蹿为音乐的喷泉
直至沸腾，雾化
啊！那如梦如烟的袅袅诗意
分明属于彳亍在古城小巷深处
那位撑着油纸伞的娉婷少女

在上党老爷山大碗喝酒

液体的闪电
击穿了诗歌寂寞的胸膛
醉在秋天深处的花瓣
散发古铜色的芬芳
一百年的相思血泪啊
盛满一碗神奇的月光
黑夜在消遁
友情在疯长
白天在碗里
诗意在闪光
端起的是万千情义
喝下的是惊涛骇浪
我们用时间的利剑，疗诗歌的内伤
一百年前就开始预约的重逢
此刻是我们内心无法删改的向往

雅安，你是共和国今晨的焦点

大地痉挛

雅安不安

芦山扭曲的表情一觉醒来，遂挂着伤逝的病历

蹒跚踱入央视新闻和各大媒体的头条

雅安，你处变不惊的两行清泪，凝成锋利的焦点

刺痛了共和国今晨悬着的心

房屋坍塌。家园毁损。生灵遭难

扑面而来的梦魇，在未知的劫数中

拱破四川盆地刚刚沉寂五年的旧痛

为苦难大地，再次献祭一声深刻的叹息

河川抽搐，道路骨折

爱的血流，永难阻绝

交通断裂，信号怠惰

亲情和友情，却依旧畅通

雅安，这是无从规范的压力

莫名以尘世的独舞，摆脱难以管束的吉凶后

在人类脸庞上涂抹的一层深度哀伤

雅安，这是地火涌动的激情，争相阐释的熔岩

变脸而来的悲愤探戈，一如盲目的仇口

撕开时间狂舞的音符，瞬间盯上许多无辜的生灵

然后兀自上演的一出残忍的折子戏

雅安，我缘于大熊猫的憨态而与你相识
却在水乳大地的一声闷响中，真正与你相知
雅安，我曾想过，要为你国宝级的荣誉咏唱
可未曾料到，此刻却要为你飞来的横祸而不幸哀歌
雅安，今夜你像一根凄厉的弦，呼啸着流血的诗句
铺天盖地扑向我猝不及防的眼眸
并绷紧了全天下诗人伤春悲秋的神经
雅安，你7级的创口上
堆积着我12级的巨痛
让我此时此刻，不得不抚着不惑的胸口
向曾在蜀道上行走的李白杜甫白居易们
悄悄传达我迢遥的问候，贴心的祝福
愿他们舟车平安，福泽绵绵

雅安，我看见一位母亲怀抱幼子，被抬出瓦砾
以奄奄一息的爱意，不舍地护卫着稚嫩的血缘
雅安，我看见另一位母亲奋力搬开百斤的重量
以千钧的舐犊之情，徒手为爱子受伤的呼喊解围
雅安，我看见救护车血色的呼啸，喊出了爱的接力
为受伤的生命，让出一条尊严的通道
雅安，我看见一位美丽的新娘，暂别良辰所有的祝福
手持话筒，站在直播现场，为生者祝福，为死者祈祷
雅安，我看见四川省长徒步赶往重灾区的脚印里
凝固着信仰中沉重的责任，不屈的意志
他朴素的解读，阐释着全新的时代内涵
雅安，面对劫难及其带来的血肉模糊的记忆

我想，拥有共同祖籍的诗人们都会在此刻醒来
并将一颗如焚的忧心，安置于你忐忑的胸腔
好让它尽快熄灭无妄的天灾，难以蠡测的不幸

雅安，我祈求，幸运在此后的日子里与你结缘
雅安，我祈求，诗人们隐忍的同声一哭
正好能将我泪流满面的诗句，轻轻掩埋
星光灿烂
万家灯火
雅安，我要对你说一声
晚安

第四辑　史识或暗物质

刺　秦

一柄匕首
划
断：冷冷冷冷的
易水
古典的秋天，被一道
逼人的寒光
割
伤

一具血淋淋的尸首，由两个汉字
从史册中
吃力
抬出

血写的黄昏，至今
滴水
成冰

鸿门宴

鸿门虚掩
中国历史上最著名的一场宴会，在里面举行
智慧，半开半闭，糅合成战车的辙
碾
碎
西楚霸王
高傲得天真的
梦

一抹酒香，熏散项庄剑尖上疲软的硬伤
宴席上，四十万侍应，笑声中藏着一把警觉的
刀。只为一位客人
斟
酒

宾主双方的心思，超越了酒和肉
在霸业的江面上
惊心动魄地
浮浮
沉沉

与会者的心跳

擂响常人听不见的战鼓

烈酒的火焰，成为两军战旗上最耀眼的补白

一页锩刃的历史，摇曳成一块血腥的尸布

在楚河汉界上

升起肉眼看不见的狼烟

一场战争的开场白

避实就虚

被演绎得

出神

入化

客人的血，在酒后的虚惊中龙行虎步

随即就凝成进攻的铁流，凝成帝国

沉重的夕阳

巨陨般

砸

下

来

杀机，顿如麦芒伏地

流产为一场白日大梦

可圈

可点

此后二千年

中国历史的任何一场宴席上
再没有任何一个人
能端出一个像样的酒杯
盛装如此巨阔的
半部
阴谋

末日南宋

剽悍的蒙古铁蹄
扬起一路索命的征尘
将瘦弱的南宋
逼。
上。
悬。
崖。

史载：一轮落日
堕海
而亡

《辛丑条约》

这张巨大的尸布
是慈禧连本带利
花九亿八千二百万两民脂民膏
订购的一服绝育毒药
它主要用来，裹
满清王朝的
腐尸

缩写版的四大名著（组诗）

《水浒传》

一百零八个绰号，聚义
水泊梁山

我瞥见
大宋在江湖的一面瘦金体酒旗上

飘摇

《西游记》

经书，乃梵文之饵
四条性格迥异的鱼
涉过九九八十一个险滩后
最
终
上了功德圆满的
钩

《三国演义》

独臂螳螂

想捕食盲眼之蝉
它身后
有一只受伤的雀
候着

史册上多好看的一幅野趣图啊
罗贯中，不愧是一位
丹青高手

　《红楼梦》

一杆挨饿的狼毫
在草庐外的石头上，昏死过去
四个恶毒的词，唯恐他被冻死
遂合谋，将他
活埋在中国文学的殿堂

红楼可以作证：那绝非
一枕
黄粱

三个女人三出大戏（组诗）

吕　雉

上
下：两张血盆大口
一张咬紧王朝的颈
一张咬紧皇帝的根

拔下名字上的那根恶箭
韩信
应声
而倒

武则天

这老娘们，终其一生
最值得炫耀的
莫过于替李唐王朝
做了一次较为成功的
变性（姓）手术

慈　禧

梦魇。雌性的罂粟

摇曳于民族伤口的恶之花
专做卖国生意的妖
帘幕后射出的凶光
掠过苍茫大地
中国近代史，因之
而遍体鳞伤

四大美人的生命尽头 （组诗）

绫：贵妃最初与最终的饰物

玄宗将好色的江山
冒险地压在贵妃傲慢的双峰上
整个帝国，由此变得
摇摇
晃晃

渔阳鼙鼓：夹着祸乱的刀光剑影
催命的铁蹄声：淬硬滚滚的咒语与尘沙
它们联袂掠过贵妃富态的肚皮
玉体上，一个叫马嵬坡的弹丸之地
弱化成一条兵谏的绫
绕在美人的脖子上，成为贵妃最初与最终的饰物
浩浩荡荡，送一场爱情
上路

咳嗽：貂蝉最后的病

貂蝉悲凉地转过脸去
给生她养她的那片阴天
丢下凄然一瞥
她沉重的猫步，踩痛

来时那条布满落红的
小
径

古典的爱情
在生命的尽头
与她保持永远的一步之遥

当一切结束
命运的咳血
一
滴
滴
坠落在历史落难的病历上
最终，为一个失宠的红颜
划上一串凄美的休止符

琵琶：昭君的绝响

一把拒绝行贿的琵琶
用西行的音符，套住匈奴的马刀和铁蹄
她踽踽踱出后宫
一路
向西。向西
沿途，弹落几行南飞的雁叫
趟过历史的口碑后，它一头
又栽进了命运为她预设的青冢

琵琶比谁都清楚
此行的弦，注定是一条
不归的
末路

     纱：西施轻盈的梦

范大夫的眼睛突然失火
西施和她手中来不及浣洗的纱
就这样：活活烧死于
情人的眼眶

一束绝代风华
以几颗泪
砸
碎
弱不禁风的
半截
爱情残梦

浮在一杯茅台酒上的渡口

那蹿动着无限激情的香醇
穿过一支队伍的衷肠后
遂成为抵达新政权的一个经典渡口

作为业余诗人
所有的惊涛骇浪
在诗歌内心，早已平静得
像个熟睡的婴儿

一位毛姓指挥员
挥动神话的狼毫
在上面幽雅地摆弄四个来回
居然就将一页年轻的红色历史
漂亮地摆渡到
一杯酒的
对面

第五辑　多维情感结构

柏拉图的耳朵

上　卷

柏拉图屏住呼吸，他的样子使月光变得忧悒
他锁住眉头，侧耳倾听心爱的人对他诉说：
柏拉图啊，我们的缘分真实而具体
仿佛上帝既定的安排
白天黑夜，每一个环节扣在一起
就像上帝赐予我们的花环
我们的爱情隐忍，内敛，甚至木讷
那是生命沉稳的呈现
就像穿越秋天的最后两只苹果
被内心的季风一遍遍抚慰
倒叙的秋风，吹过历史的脸谱
我们无法拒绝成熟

柏拉图啊，让我们荷锄，把那些寂寞的落红
深深葬在江南，葬在杨柳岸边，葬在杏花春雨里吧
我烟雨中的红颜，像绝世火焰
一生只为你开放，憔悴

柏拉图啊，让我们把月亮压扁，做成一枚书签
插在开满雪花的经典中，等它慢慢发芽吧
我一生的美丽

只为你花开花谢，摇曳梦中的海棠
晨光四弥，苦难已经逐渐远去
我们的生活并不宽裕
可是，我感到幸福触手可及，无处不在

柏拉图啊，没有什么困厄与天灾能撞击火星的头像
没有哪一样情节会令我内心踏实得如此安祥
没有谁的手势，能拆散你我孪生的命运
没有人忍心抢去我们仅存的粮食、柴草和诗歌
没有哪一种荣华富贵，可以打动磐石的内心
勤劳和善良，已经植入我的骨髓
一如我与生俱来的籍贯和血缘
我一生的跋涉，只为抵达你神圣的耳朵，古典的渡口
我孤苦伶仃的向往，只为走进你大海般博大的心胸
云涌不息不灭的潮汐

柏拉图啊，你我注定要在今生相识，相知，相思，相恋
这就注定我们要在大地上俯身耕作，播种，除草，灌溉
在微薄的希望中，我们收获麦穗，浆果，板栗和阳光
我们灵魂的云朵，终将变成自由恬淡的羊群
那是我们一生平静的财富

柏拉图啊，你累了！你还能看见吗
那些云朵在悠悠地卷，款款地舒，冉冉地走，缓缓地流
一如我们田园里开满的玫瑰、芍药、紫荆和兰花
它们历经尘世的风雨，万劫的磨难，依然如同我的笑靥
一生只为你点亮高贵的烛光，照亮你哲理的居所

直到晨色熹微，直到安静的月光住进我们温馨的木屋

柏拉图啊，请打开你哲学的耳朵吧
落日之上，无论贫富，疾病，我的梦想都将追随你
用我一生的爱意，抚慰你属于诗歌，属于哲理的灵魂
无论顺境，逆境，我都将挽着你清贫的手
用我一生的追随，搀扶你由强壮而日渐羸弱的身影
去泅渡我们面前所有的沧凉

柏拉图啊，你是上帝的宠儿
让我们轻轻推开爬满藤蔓的窗户和木质的门
携着彼此不离不弃的手，到月光下散步吧
今生即使众叛亲离，我也将无怨无悔地跟随你
今生即便只有粗茶淡饭，我也将不离不弃地缠绕你
去注释我们完整的爱恋、不死的信念

柏拉图啊，如果有一天你皈依了天堂
我的灵魂也一定追随着你，去寻找福音
即使找遍每个角落，我也一定要把你找到
柏拉图啊，如果你有一天回归了大海
我一定会变成一朵浪花，上溯到你的源头
去装点你博大的胸襟，守护你深居简出的灵魂

柏拉图啊，在垂老的暮年来临之前
我还将为你生一大堆孩子
并为孩子们取一大堆好听的名字
像呵护你的哲学，你的诗句，你的任性一样

我要深情地呵护他们散发乳香的童真和乳名
让他们在没有战争没有苦难的环境中长高，长大
任凭时间的落叶和历史的霜花洒满庭院，我也不扫去
我将足不出户，从早到晚
用你破旧的大衣裹紧我的膝盖
好让你圣洁的余温，煨暖我一生的冷
我要惦着你的叮咛，做着孩子们的梦，唤着春天的名字
抚着被你轻吻过的我日渐容颜不再的脸颊，沉沉睡去
我知道，我泛黄的梦里，一定有你不离不弃的目光

柏拉图啊，如果有一天你要携着真理远行
我就在家里，生起温馨的炉火，静静地坐在炉膛前
轻抚着我们熟睡的孩子稚嫩的手，读着你神圣的诗篇
一边取暖，一边静静地等着你，风雪夜归……

中 卷

柏拉图的样子显得有些忧悒，他的心空里愁云密布
他用平静的语言向美丽的姑娘诉说：
可怜的孩子，草原上羊群离散，你已融入我的生命
你的眼神攥在我的手心里
我如同握住了一把永不销匿的沧桑
我要回到你我相遇的那一刻
回到你的小阁楼下，回到你的笑声里去
入住你不卑不亢的内心
为你的梦，守候每一颗完整的朝阳与落日

亲爱的孩子，你永不沉沦的名字，为我托付终身
你是世界上最接近哲学，最接近真理和太阳的人
你沉默的目光，让飞鸟伤心，难过
你一言不发的样子，令云朵肝肠寸断
哲学之外，我是苦命的人
历史深处，我只想抱着心爱的经卷和典籍，好好疼你
让你成为世界上最幸福的新娘

亲爱的孩子，爱护你，不让你受伤
那是上帝以哲学的名义交付予我的人间责任
我不能让白雪失眠，让爱迷路，让冷风吹散爱情的体温
我要以圣洁的心灵，祈求万能的上帝
不让人世间的恩爱，因为迷路和天灾
而变得那么苦，那么累，那么痛
我要让失血的经典复活，喂爱的神骏予肥美的水草
好让它驮着众生的幸福
驰往深秋湛蓝的天堂
那低于思念的每一朵祥云，都是我人生的泊位
我要站在上面，为你裁制万幻的嫁衣

亲爱的孩子，上帝让我们相遇，总有他矢志不渝的初衷
我们不必争拗，不必躲藏，我们需要珍重，却无须忏悔
我要把一生的清贫和祝福，连同我赞美的诗篇
都押在众生之爱的天平上
我要将一生中最美好的青春，都用来呵护众生之爱不熄的火焰
我的一生，都将用来为众生祝福，祈祷

亲爱的孩子，我是这个世界上最疼爱你的人
我没有理由不苛刻地修改梦想，雕刻真理
就像闪电切入夜空，那是神的力量啊
想想我审美的诗篇，想想我祈祷的眼神吧
你的一生，都拥有我最为虔诚的祝福

亲爱的孩子，因为爱你
我把一生中最美好的时光，都用来歌唱
我出身寒门，贫寒困顿，这不是我的错
我无法预知哲学的月光下，究竟潜存着怎样强大的对手
也许他们拥有金钱、香车、豪宅和显赫的背景
但是他们没有琴心、没有横溢的才华和如水的情怀
亲爱的孩子，记住爱吧，把恨统统忘掉
从此以后，你的生命中，就再也不会有任何敌人

亲爱的孩子，我是哲学的过客
今生注定要在时间的暗夜中，保持冷静
众神之上，我不在乎任何人以任何方式将我伤害
即使是善意的欺骗和隐瞒，也不会堕落成一把剑
刺杀我的自尊
我普渡慈航的心，即使被捅出莲蓬似的窟窿
也不会消磨我通往圆满的意志，圣洁的向往

亲爱的孩子，请你踏着晨钟暮鼓
跟着我，并赐予我爱的力量
请你坐着我用哲学的花环编织的马车
请你丢掉时间的拐杖、历史的谎言，跟我来

在芳草萋萋、野花开满山岗的世外桃源
享受属于我们的也许并不富足的每一个平凡日子

亲爱的孩子，请用你修水般明亮的方言，跟我聊天吧
我要透过历史的双眸，看窗外的落英，无声地飘下
让我们一起拾柴，烧饭，种菜，浇花，照看典籍吧
我要用每一个早晨的第一滴露珠，为众生的平等祈福

亲爱的孩子，让我们静静的守住一盏灯火
如同守住我们天荒地老的爱情
我愿意就这样看着它，慢慢老去
直到油尽灯枯
直到抵达哲学的彼岸

下 卷

柏拉图老了，哲学的头也就白了
老柏拉图浑浊的泪水，止不住滑落在爱人花白的心头
他声音哽咽，神情忧悒，平静如一尊雕像
他的双眼逐渐蒙眬，只有耳朵还算灵光
他听得见心爱的人为他整理典籍的声响
他听得见雪花从天堂飘落的那种慢，那种彻骨的悠扬
他听得见孩子们在木屋前的草地里嬉戏的笑声，比爱更爱
他的内心充满了幸福的感觉，平静的快乐，安谧的舒坦

老柏拉图真的累了，他缓缓合上了疲惫的双眼
半部残存的哲学，从他手上
轻轻滑落……

云朵上的玛吉阿米

仓央嘉措与玛吉阿米的爱情传说让我心情沉重
请恕我在布达拉宫前想起你……
—— 题记

一

他刚从云朵上摘下无根的爱情
你的梦，就开始变得湛蓝，飘逸
玛吉阿米，他逃离经书的那双倦眼
在你灌满憧憬的眸子里
看见了神谕的五月，比云朵洁白
比湖水明净

一滴露珠的轮回，闪动着敏感的空虚
一触即碎的思念，太阳一样孤独
玛吉阿米，你来或不来
他都会在隔世的心跳里等你

二

他刚从绿叶上摘下青涩的春天
你的生命，就长满了格桑花的芬芳
玛吉阿米，他是痴情的汉子，天生的佛

但他并不是心甘情愿的那一尊
他的梦，超越了简单的爱恨情仇
在更迭的历史场景中，不断后退

他念经的嘴巴，常常在不经意中
溢出青春期痴情的旧址
玛吉阿米，他分行的才华
陈列着对你的千般不舍，万般眷念
那是他一个人的绝唱
音调激越，音域宽广
阳光浸泡过的旋律，剔去梵音
剩下蕨藜般的刻骨相思，刺痛神殿上的月光
玛吉阿米，你答不答应
他年少的心事，都已被两道叛逆的泪痕改写

        三

他刚从阳光里摘下金色的鸟鸣
你的脸庞，就涂上了绯红的彩霞
玛吉阿米，天堂里的转经筒
是他起伏不平的心潮
爱的扁舟，在上面
摇摇
晃晃

布达拉宫是他前世就已注定的精神炼狱
里面锁着他今生不安的脚印，奔跑的诉求

玛吉阿米，你们的爱恋
偷走他心中年轻的日月，稚气的信仰
白天或黑夜，你们的约定
都在记忆的前方，被两只沉重的翅膀
驮着远走高飞

玛吉阿米，除了佛经
你是他一生无法拒绝的疼痛，半世难于企及的彼岸
在通往幸福的歧路上，他只知道
横着的，是命
弄人的，是造化

四

他刚从时间的封面上摘下太阳
你的白天，就被热情的段落填满
玛吉阿米，他血红色的袈裟里
藏着你怀春的梦境，潮湿的情节
他要在最接近天堂的地方驻足
用一生短暂的高度，凝望你的背影

玛吉阿米，他迟疑的双手
要在阳光下，一遍遍抚摸你眼里的秋水
他要从你迷人的柳叶眉上，取走
属于太阳的真理，他指缝间依次渗漏的
是时间的骸骨，梦里的落花

玛吉阿米，他沿着爱神的指引拾级而上
他要从一生的勤勉中获得上升的力量
他要将属于你和他的秘密，搬上高原的额头
去堆砌你神殿般圣洁而高贵的名字

五

他刚从一束浪花中摘下海洋
你的心脑间，就有了无比宽阔的喧响
玛吉阿米，涛声里稚气的青藏高原
是他脸庞上峻拔的颧骨，高昂的头颅
血色的潮汐，隆起你和他
绝世拔俗的情感宣言

玛吉阿米，雅鲁藏布江
只是他眼里最雄浑的一道泪痕
他要穿过你眼眸里沧桑的栅栏
去采撷你心坎上忧郁的玫瑰
他要将你淡红色的瞩望
变成自己最热烈的心跳

玛吉阿米，你是孤岛，是大海的心脏
你是他今生最具诱惑力的方向
朝阳下苦难的积雪，瞬间融化成
赧颜而苦涩的泪，你仅用其中的一滴
就重塑了他宿命的身世

玛吉阿米，他要用世界上海拔最高的眷恋
去贴紧大海黑暗的潮汐
他要在你神圣的背影里
心祭一片无边的苍茫

六

他刚从念经的嘴上摘下两页寂寞
你的心疼，就被巨大的固执裹挟
玛吉阿米，你熬夜守候的眼睛
是否常被锋利的夜色割伤
你醒着等待的灵魂
是否总在惦念他疲惫的轮回

玛吉阿米，他无时无刻不在关注你低矮的窗户
他无时无刻，总在猜测那里面
是否存在切近性灵的哀伤
他要让死去的雪莲花复活
他要让出家的爱恋，重新还俗

玛吉阿米，他是一棵大树
他根本没想过要做一棵菩提
他的每一次旁逸斜出
只为在途中与你相见
玛吉阿米，他已习惯了无人对话的苍凉
有苦，往肚里咽
有泪，往心里流

七

他刚从雪山上摘下火焰
你的红唇，就被虚构的秋天灼伤
玛吉阿米，他对于爱情瘦瘦的膜拜，超越了僧与俗
在喜马拉雅山巅，坐化为导师般静穆的祥云
轻轻遮盖你们不朽的传奇

玛吉阿米，他是风吹来的少年
他是一瓢无根的水
他是你雾霭中拒绝受戒的恋人
玛吉阿米，在长满格桑花的山岗上
他的春天，就是你的一生，你的全部

流言远去
爱情还在
玛吉阿米，幸福就在你眼前，爱人就在身旁
是时间扑朔迷离的勇气
将他转世之前的叛逆
改写成千头万绪的悬惑
他以僧的手势，翻阅世俗
他以佛的脚印，跨越红尘
玛吉阿米，因为爱你
他已与柔曼的月色妥协
甜，挥之不去
苦，不请自来

八

他刚从消隐的肉体中，摘下死亡
你的眼里，就噙满了灵魂的泪水
玛吉阿米，没有谁能掐断你们的苦恋
如水的月光可以见证
没有哪一种黑暗
能遮蔽你们热恋的灵魂

玛吉阿米，他的跋涉
带着白云的节操，季节的回声
有风雨，有阴晴
唯独没有悔和恨
在童话般的爱情场景里
他踏着惊世骇俗的绯闻，走向宿命的背面
他放下诸神给他的沉重世界
他赶走了胎记上失忆的春夏秋冬
玛吉阿米，他最终在你的瞳仁里
找回了真正的自己

九

他刚从经声中摘下布达拉宫上的耳朵
你的眼眸里，就泛起青春的涟漪
玛吉阿米，时间卑怯的盛宴
喂不饱天空开裂的渴望

他是春光中昂首挺胸的翠竹
他注定要抱着真理的火焰
逐日
拔节

云朵是风的过客
他是经书的过客
玛吉阿米，在趋近众神的朝圣中
祷告和风幡一样无辜
它们只是一个善良得无以复加的虚词
而你才是他唯一的定语

玛吉阿米，他是高原上空飞翔的鹰
岩石上堆积着白雪经年不化的遗骸
那白得吓人的奇光，将你们盘旋的爱情一次次点亮
玛吉阿米，还有什么样的乌云
能覆盖你们热恋的誓言
还有什么样的颜色
能抹黑你们爱情遗址上残存的墓碑

　　　十

他刚从白天的泪眼中摘下悲伤
你的芳心，就被一种勇气填充
玛吉阿米，华盖与经幡簇拥着他
他是别人心中的王
但他的心脏，却穿越所有的法门

顿悟时间的倒影，爱情的真相

玛吉阿米，他深爱着你
所以，你并不诧异他复杂的身世
他是被无形之手编织出来的少年英雄
他被佛法四出寻访的眼睛见证、检验和记录
他脱氧的族谱上，一早就掀起了
纸上
波澜
而这一切，并非他的初衷

玛吉阿米，他身份简洁而特殊
他首先是男孩，然后是你的恋人
最后才是佛

在悲喜相随的人生苦旅中
玛吉阿米，他没有根，不会矫饰，也未曾真正皈依
经书，只是他年轻时掩埋的最大真相
而你，才是他一生最大的秘密

我的血奔涌进攻的纹路

生命的缺口被一页野史阻绝
管涌的疼痛，以暗伤
缺席审判我的胸膛和剑
我看见，我铿锵的血脉
正以一百年风雨无法删改的殷红走向
倒写一百八十万年最为宏阔的沧桑

天色向晚，大地上的事情
被风一遍遍提起，泥泞的夜空
伸出手，将生命的旗帜涂成黑色
命运的缺口，死一样沉默
善良的人们啊，你们看见了吗
我的心脏，是一颗雄性的太阳
而我险象环生的灵魂，已不再愿意
为任何一个春天点缀升平
生命中那些闪光的片断疼痛而深刻
如一篇悼词，面面俱到
我一生中光芒四射的骨气和格言
引领所有属于我的苦难与哀伤
让我在该哭的时候，强颜以笑声
抵达灵魂的至高点
我知道，那接通天与地的每一道闪电
都是我命运中最犀利的问候

它们是我一生必须俯视的高度

我是我一个人永恒的守军
但绝对有别于堂吉诃德的执拗
我青春的一腔热血
在人生的漩涡里沸腾，雾化
直抵世道人心最险恶的冰点
我一生中坚不可摧的意志和品德
在永不褪色的历史炉膛中焚烧
那熊熊烈焰，必将以星座的名义
照亮所有爱我和我爱过的人的灵魂
哲学的半部经验，弱化成十万条长短句
它们以史诗的名义
悍然改道我的人生轨迹
我把一生中最美好的时光，都用来对付它们
通宵达旦与它们周旋，抱着它们取暖

我把婚姻写进了墓冢
我把灵魂与肉体写成了分居
我把自己，写成了孑然一身
我横亘的骨头，最终被史前抒情的雪
温柔地包裹，终成
七尺
化石

春天和簇拥着它的花朵们，也许很迷人
而我却已轮回成一个童蒙未开的婴儿

我失聪的耳朵，已经无法感知季节变化的喧响
我不在意自己能否隆起喜马拉雅山的骨骼
但我很在乎自己命运的下一个春天
会有一位坚贞而善良的女孩
为我如期垂下她美丽的睫毛

我愿意就这样闻着春天的气息，快乐的死去
这是我拒绝世间所有丑恶的非暴力方式
我不屑于知道，我能否复活史前的生态
但我内心的原始森林，雨量充沛，负离子活跃
我不屑于知道，我能否恢复自主呼吸
但我知道，我的血必将在通往春天的版图上
一如既往地奔涌进攻的纹路

旧梦·古典美人

繁华无声
岁月静好
她们深植于册页上的泥土
长出风采、气质和品位
她们不记恨任何坎坷与折磨
她们只记取属于自己的历史
谁也无法篡改

繁琐的俗物，滤去街灯下的浮华
被代之以静物的沉默
眼前的一切，都已结束了最初的行程
唯有嬗变中的美感
还在绽放逼人的青春气息

对于昨日，她们默认了更多的赞叹
对于今朝，她们依恋着脚下的三尺红尘
而对于未来，她们只垂爱
剩余的芳华
凄美的未知

插图上的恋人

将一株白杨
插在 1874 年的春风里
我的爱情
由此获得了重生的韵律

将一只宿命的苹果
挂在低矮的秋天
我家的瓦房上
就有了最缠绵的炊烟

将一束雄性的阳光
交还给 2008 年的初雪
我梦里逝水般的爱人
就有了流动的声响

太阳：上帝的遗著

燃烧的句号
大地永恒的头颅
白日天书上
唯一可以用肉眼看见的内容
那绝对是上帝写给爱人
最圆满的一部
红色
遗
著

"张狂"的真文人

（代跋）

丘树宏

写一写张况，这是我想了多年的一件很重要的私事。然而如何写，写什么，却踌躇了许久。直到这个周末，一个题目突然在脑海中冒出：《张况："张狂"的真文人》，觉得很满意，这才专门坐下来着手这篇小文的写作。也就在同时，我才发觉自己心中原来对文人是有着真文人、假文人的看法的。

究竟假文人是什么样的？我似乎也没有太明确的认识，大概有两种吧：一种是确实是在作文，但文章确实不敢恭维，自己却浑然不觉，依然十分陶醉。这种人自然可爱，但无论如何都不能算作真文人；另一种是文章确实很漂亮，但人品却糟糕得很。这种人非但不能算作真文人，还可以说是一种恶人。那么，真文人又是什么样子的呢？我想，真正的文人应该是文章漂亮，人品也漂亮的。在我看来，张况就是这样一个"真文人"，而且是一个"张狂"的真文人。至于为什么是"张狂"，后面自有分解。

客家人张况

张况是梅州五华人，就籍贯和出生地来说，他是标准的客家人。客家人是从中原迁徙过来的，是典型的汉民族，它保留着中原文化，或者说是汉文化、中华文化的最核心的基因，是"活化石"。而张况，首先是他的样貌充分体现了客家人的特点：儒雅而诚实，从他的身上根本找不出任何的奸诈和粗鲁。张况的为人处世在文人中、在社会上有口皆碑，几乎无可挑剔。有一句俗语说"酒风看人风",张况很有些酒量,酒风豪爽,但从不以酒压人、强人所难,而且酒酣之后还保持着谦谦君子的可敬可爱。咳,那一份儒雅!

张况的热情好客可谓闻名遐迩。这正是客家人的著名性格之一。其实,张况并不怎么富裕,官也不大,按理资源非常有限,但他却接待了许多的文人墨客,组织了不少的文化活动。而且将文人们服侍得周周全全、舒舒服服,将活动办得圆圆满满、妥妥帖帖。这一点,更能体现出张况的人格魅力——他是靠着他对文化的真诚和无私,靠着他对文化的追求和贡献,靠着打动其他有资源的人士而理解、支持才达到此目的的。只是,在当今时候,做文化确实太难了,我们这些文人们一定要好好珍惜和爱护张况的苦心和努力,更不要给他太多的压力和为难。张况可不容易呀!

张况的客家人性格,更体现在他对官场的态度和行为上。本来,以张况的人品、才华和贡献,他是早就应该坐在比现在更高的位置上的。然而,张况是一个对工作和事业上进心很强的人,但做人却十分的本分老实,甚至有些迂腐。他从来不为自己的升迁去找任何人,更不耻于去低头求人。这一点,我曾经有一段时间很为他着急,久而久之,也就理解他了,甚至尊敬他了,因为我自己也是这种性格,也是持的这种人生观,老实做人,老实做事。只不过我的运气比他好一些,我的人生路总能碰上一些贵人而已。我心里期待着张况命运中的贵人能早日出现。

真文人张况

张况对文学艺术创作的执着和劳作,真可谓是"疯狂"。作为一个20世纪70年代出生的人,竟然涉猎小说、散文、诗歌、评论,还是一个很有点名气的书法家,有了那么多的文艺成就,可以说是著作等身了。这种勤劳，这种刻苦，这种努力，当然不能不说是"真文人"。

张况的作品，我基本上都有收藏。无论是哪一种艺术体，张况所表现的都是"正能量"。首先，他的作品是生活的、健康的，人生况味十足。我阅读更多的是张况的诗歌，他的诗歌最大的特点是深沉，诗歌中总是可以看到他那双思考的眼睛，以及他那颗总是有些忧郁的心。他的诗风总体是传统的，但总是调和着一些清新的现代风格，让人感受到一种强大而健壮的生命力。张况的书法，更让我惊讶以至震惊：依然是以传统和深沉作为底色，革新的现代气息也同样浓厚，但是，那种厚重、那种老辣，真的不应该是张况这种年龄之人之所能。张况的书法，将大有前景，我看好他。

最近一段时间，张况居然更为"张狂"了，竟"潜伏"17年，神不知鬼不觉地写了一部洋洋十万多行的《中华史诗》！全集虽然还没有正式出版（已出版其中三卷《史诗三部曲》），但张况其人及其长诗在诗歌界已经是一个传得沸沸扬扬的真实的传说，各界寄予极大的期待。我有幸近水楼台地拜读了一些章节，确实惊人、震撼、击节！我的评论功底很是薄弱，在此谨借用著名评论家李犁的话来表达我的评价："这绝不是一部诗歌写成的史料，而是诗人以这些史料做平台和符号，把他自己全部的人文理解和才智写在大地和史册上，这是一部沾满了他个人气质的英雄史诗，也是一个人的心灵史。"我不想具体引用其中的任何诗句，以正式的评论方式来评价这部长诗，但我有一个直觉，或者说是预感，《中华史诗》将会成为中国诗歌界的《荷马史诗》。我有这个信心。前提是，要有这种机会，要出现这种伯乐。

为此，我还是从另一个角度很为张况担心——张况，你这样"张狂"，你才华横溢如此，以至于因为你的努力和成功，抢了那些专业文人、专业诗人的饭碗，夺了他们在文坛、在诗坛的牌位，而现在，对于文人包括诗人及其作品命运的生杀大权，几乎全都掌握在他们手里。他们虽然没有忙着写作，更没有忙着写"史诗"，但他们一直在忙着给自己和自己的圈子批发奖项。就是这些的"他们"，能发现你吗？能推介你吗？他们能给你那些荣誉、那些桂冠吗？

张况，你确实太张狂！

然而，张况，我理解你的张狂，我赞赏你的张狂，我敬重你的张狂，我支持你的张狂。

因为我还是对我们国家和民族文化的未来充满期待，更对你的才华不被埋没、对你的优秀作品被发现、对你的文化贡献被认可充满信心。

（**丘树宏**，著名诗人，中国作家协会会员、广东省作家协会副主席，中山市政协主席）

图书在版编目（CIP）数据

张况的五种抒情 / 张况 著． -- 北京：作家出版社，
2016. 1

ISBN 978-7-5063-8729-3

Ⅰ．①张… Ⅱ．①张… Ⅲ．①诗集 – 中国 – 当代
Ⅳ．①I227

中国版本图书馆CIP数据核字（2016）第029653号

张况的五种抒情

作　　者：张　况
责任编辑：宋辰辰
装帧设计：金　刚
出版发行：作家出版社
社　　址：北京农展馆南里10号　　　　邮　　编：100125
电话传真：86-10-65930756（出版发行部）
　　　　　86-10-65004079（总编室）
　　　　　86-10-65015116（邮购部）
E-mail:zuojia@zuojia.net.cn
http://www.haozuojia.com（作家在线）
印　　刷：中煤（北京）印务有限公司
成品尺寸：135×210
字　　数：130千
印　　张：5.75
版　　次：2016年5月第1版
印　　次：2016年5月第1次印刷
ISBN 978-7-5063-8729-3
定　　价：35.00元